U0073853

魔……亞 永不妥協

～從今天開始的自由職人生活～

甘岸久弥 3
Amagishi Hisaya

CONTENTS

Kadokawa Fantastic Novels

魔導具～彈出式烤麵包機～

鈴鐺聲「叮」地響起，一個淺褐色物體飛過空中。

物體在窗外射入的刺眼陽光中畫出大大的拋物線，這時門口走進一名青年撲上前去，將它抓住。

妲莉亞見黑髮青年在自己身旁一躍而起，不禁在心中讚嘆對方不愧是魔物討伐部隊員，動態視力和反射神經果然不同凡響。

青年右手拿著烤得恰到好處的吐司，俊美的臉上浮現問號，問道：

「妲莉亞，我想請教一下，妳為什麼要用魔導具把吐司彈飛？」

「呃，這是因為……」

妲莉亞不知該如何說明，額角流下一道冷汗。

她回想起前世的事，心血來潮試做了彈出式烤麵包機——身為轉生者的妲莉亞無法老實這麼說。她前世在日本的家電公司上班，卻因工作繁重而過勞死。

她今世名為妲莉亞·羅塞堤。

這個世界有魔物、魔法，宛如前世所說的奇幻世界。

妲莉亞這一世的職業是魔導具師。

魔導具師相當於工匠，會運用魔石和魔物素材製作各種魔導具。

魔導具種類多元，有用火魔石穩定發光的魔導燈、用風和火魔石吹出溫風的吹風機、去除毒素的戒指和手環，以及和魔物戰鬥時用來當輔具的首飾。

而妲莉亞工作的地方是這座滿布藤蔓的石塔，通稱「綠塔」的一樓。

「我想做『彈出式烤麵包機』……」

「『彈出式烤麵包機』？」

歪頭詢問的黑髮青年名為沃爾弗雷德·斯卡法洛特。

他是此處奧迪涅王國騎士團魔物討伐部隊的隊員。高挑身材配上黑檀般的頭髮、白皙俊美的面容，那雙細長的黃金色眼睛尤為迷人，可謂一名美青年。

然而這張臉卻使他在人際上遇到許多麻煩，他本人深感厭惡。

「彈出式烤麵包機就是……我想讓加熱過的吐司自動彈到好拿的位置。」

妲莉亞從沃爾弗手中接過淺褐色吐司，望向工作桌。

桌上有個略高的銀色長方形機體。

外型參考的是前世的「彈出式烤麵包機」。

這世界雖然有麵包加熱裝置，但無法放在餐桌上使用，而是放在魔導爐上，將麵包夾在中間一次加熱一面。既花時間，又必須用金屬夾子夾取，用起來有點麻煩。

妲莉亞今早去買麵包時見到吐司在特價。許久未吃的吐司令她想起前世的記憶，基於懷念而決定試做烤麵包機。

她調整方形金屬機體以加裝火魔石，接著在內部設置兩片面對面的燃燒型魔導迴路。

機體上方有兩個開口。理想上只要將吐司放進去就能同時加熱雙面，到了設定好的時間鈴鐺聲就會響起，吐司也會向上彈出三分之一。

「彈簧的力道太強了……」

奧迪涅的吐司和前世差不多大，但一片相當於前世四片裝的厚度，而且很紮實。換言之還滿重的。

頭兩次嘗試時，吐司沒有順利彈起，烤焦了。

她用的是手邊最弱的彈簧，看來力道還不夠。

算起來彈簧只需加強一到兩級即可，可惜家裡沒有。

她原本想等明天再買適合的彈簧，可是又心想，反正這是試作品。用稍強的彈簧也沒關係。只要在工作桌上鋪滿抹布，吐司彈遠一點也不成問題——妲莉亞就這麼輕率地換了彈簧。

她全心投入試作中，想在沃爾弗來之前告一段落。

結果就在她第三次試烤吐司時，沃爾弗打開了工作間的門。吐司猛然彈飛到妲莉亞身後，運動神經發達的沃爾弗隨即抓住——這時機真不知該說巧還是不巧。

「烤吐司要用到彈簧？」

沃爾弗露出大惑不解的表情問道。

「我本來沒打算讓吐司飛那麼遠。只是想在餐桌上烤吐司，心想烤好之後若能自動彈出來，應該會很方便……」

妲莉亞說著說著，才發現這件事很難解釋。

這機器不是用來彈飛吐司，而是讓吐司彈起來一點點，方便使用者拿取。這麼說他聽得懂嗎？畢竟這世界沒有類似烤麵包機的東西。

沒想到沃爾弗卻笑著大力點了頭。

「原來如此，讓烤好的吐司直接彈到盤子上，就能省去擺盤的工夫了！」

「呃……」

她覺得無法誠實否認的自己很悲哀。

「這樣就不必徒手拿熱吐司，還能在吐司剛烤好時趁熱吃，很適合在冬天用。還能連同盤子一起移動，一片烤完繼續烤下一片，或許也適合用在人多的餐廳。」

「也是……」

不必擺盤，直接將吐司彈到盤子上的烤麵包機──這樣的功能好像更好。沃爾弗的積極提議深深吸引著妲莉亞。

若以此為目標，做出來的魔導具可能更有用。

「不過，這與其叫『彈出式烤麵包機（pop-up toaster）』，不如叫『飛天烤麵包機（flying toaster）』更合適！」

「……也是……」

妲莉亞腦中浮現拍動翅膀翱翔的「飛天烤麵包機」。

沃爾弗取的名字真是精準到令人想哭。

他們從工作間移動到二樓客廳後，妲莉亞立刻打開風扇。

現在才五月，窗外吹進來的風就有點悶，可見今年夏天應該會很熱。

妲莉亞端出加冰氣泡水和冰過的柳丁切片招待沃爾弗，接著進到廚房。

她將剛才在工作間烤的吐司削邊切成小片，隨意地放上起司、火腿和番茄，製作成開胃小點。

至於切下來的吐司邊，她之後打算浸泡在混合了砂糖的蛋液裡，做成麵包布丁。雖然吃了可能會變胖，但她不想浪費食材。

「這是用剛才的吐司做的，若你不介意的話請用。」

她回到客廳，坐在沃爾弗斜對面的椅子上，並請對方吃開胃小點，兩人再度打開話匣子。

「我們明天起又要遠征了，要去討伐鷹身女妖（harpy）。」

「這樣啊。鷹身女妖會飛……討伐起來很辛苦吧。」

妲莉亞差點說出無謂的擔憂，趕緊改口說「很辛苦」。

對魔物討伐部隊而言，危險的遠征是家常便飯。

而且沃爾弗還是率先出擊的赤鎧（skarlet armor），可說是全隊最危險的職位。

「嗯，但我有這個，一定沒事的。」

沃爾弗笑著微微抬起左手，上頭有個銀底金色光芒的手環。

那是妲莉亞用天狼（skoll）牙賦予而成的魔導具。

天狼手環可以激發風魔法，輔助跳躍或奔跑等動作。

儘管效果驚人，但只要有一點點外部魔力流入，持有者就會被彈飛，因而派不上用場。

不過，沃爾弗並沒有外部魔力。

妲莉亞為他做了只有本人才能使用的「紅血設定」，讓手環成為他的專屬之物。

手環的效力極強。妲莉亞前幾天才見證他完美操縱手環的風魔法，一口氣跳到了綠塔屋頂上。

「就算用手環輔助跳躍，還是沒辦法像鷹身女妖一樣飛翔啊。」

即使跳躍距離增加，仍很難追上翱翔天際的鳥兒。

「但我還頗有把握。妲莉亞，妳以後會不會做出能讓人在空中自由飛行的魔導具？」

「目前沒這個打算。」

沃爾弗的玩笑令她笑了出來。

她從未聽過能讓人自由飛行的魔導具。

而且她連將天狼牙賦予至手環上時，都發生魔力枯竭的狀況。

倘若真有能讓人自由飛行的魔導具，縱然不曉得需要何種素材，但肯定需要相當多的魔力。應該只有魔力強大的魔導具師或魔導師才做得出來。

不過她覺得這個東西很令人嚮往，若有機會，自己也想嘗試一下。

「實際上，這次最活躍的應該是弓騎士。」

「弓騎士用的是『大弓』嗎？」

妲莉亞想起以前和父親見過森林獵人用的大弓，如此問道。

那把弓約有獵人身高的三分之二那麼長，光看就很驚人。而且拉起來非常費力，她父親借來試拉了一下，弓幾乎紋絲不動。

「不，他們用的是更強的『剛弓』，外型巨大，張力又強，要用身體強化才能拉開，連飛龍(wyvern)的外皮也能射穿。」

「比大弓更強的剛弓……」

不愧是魔物討伐部隊用的弓。連飛龍外皮都相形見絀，力道真的很強。

「要是你被飛龍抓走時，也有人用剛弓救你就好了。」

妲莉亞想起初遇時在森林裡渾身是血的他，忍不住這麼說。

當時沃爾弗在遠征中被飛龍抓走，雖然在半路打倒飛龍，卻掉落在離王都很遠的山腳。他身受重傷，在森林裡不吃不喝跑了兩天，終於跑到幹道上。

若他沒有遇到駕著馬車從幹道經過的妲莉亞——她想到就有點害怕。

但沃爾弗拿著氣泡水杯，露出燦爛的笑容。

「不，我覺得被妳救比較好。」

黃金色雙眸顯得有些耀眼。

工匠與工匠

充滿夏日氣息的豔陽下，妲莉亞在工匠街的一角下了馬車。

她穿著深藍夏用洋裝和麻質薄外套，但還是覺得很熱。

眼前是一棟綠色屋頂的建築，她確認過銀色金屬門牌上刻著「甘道菲工房」後，便搖響門鈴。

「午安，甘道菲先生。」

「歡迎光臨，羅塞堤會長。」

甘道菲工房長，小物工匠費爾莫似乎已等候多時，聽見門鈴聲後立刻走出來。他的茶色頭髮雖然有些斑白，背還是直挺挺的，身上穿著深灰罩衫，應該是工作服。

妲莉亞前幾天在商業公會和費爾莫開過會，請他試做量產用起泡瓶。後來他們各自都很忙，直到今天才有空見面。

「請進。這裡有點小，請別介意。」

妲莉亞走進工房，那是棟天花板略為挑高的木造平房。
費爾莫說這裡很小，但這空間其實和綠塔的工作間差不多大。
占滿一整面牆的架子上，整齊地擺放著大量的瓶罐、彈簧、管子和噴頭的零件。
費爾莫請妲莉亞在工房中央的椅子坐下後，將三個起泡瓶擺在桌上。接著將其中一個遞給妲莉亞。
「這是量產用的起泡瓶，如果有做不好的地方請直說。」
妲莉亞接過瓶子，轉了一圈後拆開來檢查。
蓋子上的壓頭、蓋子、蓋子下的唧筒、瓶身——每個部件都比妲莉亞做的更簡潔俐落，動起來也很穩定。
她試著按壓裝有肥皂水的瓶子。眼見細緻的白泡沫在碟子上膨起，她感到很開心。
「製作得很精良。瓶子變輕很多，而且比較好按。」
「對，我把唧筒連接蓋子那側的中央部分精簡化，還讓按壓力道平均往下分散，以維持耐久性。這三個瓶子都已通過一千次按壓測試。如果這樣的設計沒問題，我再做五千次按壓測試。」
「按壓測試您是請誰做的呢？」

「附近初等學院的學生，他們很樂意賺這種外快。」

這個國家無論貴族或平民，只要通過考試就能進入學院就讀。學費雖然由國家負擔，但還是有學用品和實習等種種開銷。因此有很多平民會選擇半工半讀。

「我認為這樣就行了，請甘道菲先生繼續進行下去。」

「好，那我盡快請學生測試後，向商業公會提出規格書。還有，妳叫我『費爾莫』就好，我們工房所有人都姓甘道菲，這樣叫會搞混的。」

「好的，也請您叫我『妲莉亞』。我很不習慣『會長』這樣的稱呼……」

「那我就叫妳妲莉亞小姐吧。老實說我現在聽到『甘道菲工房長』，還是會想到我老爸呢。」

費爾莫笑著說完，拿出一個大籃子放在桌上。

「這些是不同類型的試作品，是我一時興起做的，想聽聽妳的真實意見。」

他從籃子裡拿出十個起泡瓶一字排開，形狀各不相同。

「好多！」

「我做得太入迷，不知不覺就……」

男人別過視線，那眼神妲莉亞見過。

她和父親在試做魔導具時，只要興致一來，就會不自覺在原有版本上添加其他功能，做出不同版本的試作品。

儘管做出了很多無用之物，但試做的樂趣就在於探索各種可能性。

身為工匠，能樂在工作再好不過。

「我從這瓶開始講解。這是刮鬍用的起泡瓶，瓶身較寬，適合男性手形，裡頭的肥皂水也比較多，因為男人們通常會覺得填裝洗劑很麻煩。」

「也對。」

這點妲莉亞倒沒想到。填裝肥皂水這道手續確實是一大重點。

「再來這兩個是大容量的方形瓶，我讓底部變重、變寬，這樣就不容易倒了。有些餐廳有多位廚師，洗手時需要不容易倒的瓶子。」

「沒錯，也很適合用在家庭成員較多的浴室。」

「這個瓶子底部裝有固定用的卡榫。只要在檯面上裝設與之成對的卡榫，不知原理的人就無法將瓶子隨意取下。小孩和手會顫抖的病人可以用，這樣就不用擔心弄倒瓶子。另外，雖然不願想像這種事，但固定裝置也能防範想騷擾店家而偷瓶子的人，並防止餐廳和酒館的瓶子被醉鬼拿走。」

「有道理，考量到安全問題，還是有固定裝置比較好。」

雖說妲莉亞有考慮到小孩和老人，不過沒想過店家的起泡瓶可能被人偷走。王都治安雖好，仍會出現酒醉鬧事的人，有些地方還是需要固定裝置。

不愧是小物工匠，能注意到這種細節。

「這四款是專為貴族設計的。有的用彩色玻璃製成，有的表面加了點簡單的玻璃工藝。或許也能加點金屬裝飾。不過爵位較高的貴族在買起泡瓶時，應該會用訂製的吧。」

透明玻璃搭配淡淡的花朵圖樣、半透明的藍色和亮紅色、不透明的乳白色——每種玻璃瓶都美得讓人眼睛一亮。

「這些彩色玻璃和裝飾都很漂亮，也適合送女生當禮物。我覺得不如讓瓶身統一，另外加裝玻璃或金屬工藝的套子怎麼樣……」

「嗯，也對，可以另外做套子，不必每瓶都做不同款式。這樣客人就可以挑選自己要的玻璃顏色和套子，相當於半訂製的感覺。」

「如果壞了或膩了，還可以換新的套子。」

費爾莫大力點頭，用手邊的紙張寫起筆記。妲莉亞也在筆記本中寫下討論內容。

各種彩色玻璃搭配有圖案的套子。請人在套子上作畫好像也不錯。

這樣就可以設計很多不同的款式，感覺很棒。

「再來這兩個是攜帶用的。名義上是供人外出洗手時使用……但我其實只是想測試起泡瓶最小能做到多小。」

「我懂！我也會好奇最小值和最大值……」

「妳也是嗎！我做東西時都會思考這些，有機會就想測測看！」

是工匠，啊，是工匠，這就是工匠。

妲莉亞想起父親在世時，父女倆聊到魔導具時的感覺。

她為此感到興奮不已。

「費爾莫先生，您在做極限測試時，也會將物品測到壞嗎？」

「當然啦！我想知道物品到客人手中會發生什麼事，測試結果也能作為下次的參考。這些瓶子做完一萬次按壓測試後，我也會繼續測到壞掉為止。你們做魔導具時也是這樣嗎？」

「我會這麼做，但有些魔導具師不會。」

費爾莫點了點頭，不帶批判地聽著妲莉亞的話。

然而事實上，他們倆都有點異於常人。

多數魔導具的耐久性都遠高於一般用品，因此當一個魔導具師說自己會將魔導具「測到壞為止」，很可能會被視為怪人。

更何況，妲莉亞幾乎做任何魔導具都會進行耐久測試。她開發防水布時水洗了一百次，還請會冰魔法的人讓布結凍。她父親只說「這是必要之舉」、「妳就盡量做吧」，沒有多加干涉。不過耐久測試進行到後來，她父親也開始半開玩笑地說：「妳不覺得塗在防水布上的藍史萊姆很可憐嗎？」

儘管父親這麼說，他開發魔導具時一定會進行耐久測試，妲莉亞也將此舉視為必要。

「看妳覺得這裡面有哪些試作品還不錯，我再向公會提出申請……」

「我覺得全部都很棒。請將所有您能生產的商品寫成規格書，後續流程就交給我們的商會員伊凡諾，他會想辦法。」

「種類這麼多，全交給他真的沒問題嗎？負擔會不會太重？」

「他要我『想做什麼盡量做』……如果真的不行，他一定會阻止我的。」

眼見紅髮女子露出純真笑容說完，費爾莫也不再深究——他心想，那位名叫伊凡諾的商會員肯定很能幹。

但若伊凡諾也在現場，聽到這番話絕對會愣住。

「這些瓶子有個共通的問題，就是蓋子和瓶身接合處容易漏水。不過貼上克拉肯膠帶就能解決，所以委託魔導具工房就行了吧？」

「是的，請委託他們加工。我今天也有帶克拉肯膠帶，來貼貼看吧。」

克拉肯膠帶很像厚的白色透氣膠帶，注入魔力後，質感會變得像半透明的白橡膠，還有黏性。經常用來當作密封和止滑材料。

「要是我也能貼就好了，可惜我的魔力只有兩單位……」

「兩單位就能貼克拉肯膠帶嘍。」

魔力通常分為十五級，數字越高，魔力越多。平民一般介於一到五之間。

測量時須觸碰專用魔石，學院的入學考試也會做這項檢測。

不過，像沃爾弗那樣沒有外部魔力的人無法使用一般的檢測魔石，而要將血滴在專用魔石上才測得出來。另外，據說王族或高階貴族中也有人魔力多到超標，導致檢測魔石破裂。

順帶一提，妲莉亞之前測量時是八單位，她父親卡洛則是十二單位。

她的數值就魔導具師而言已然足夠，不過要當魔導師還差了一點。而她父親只能說是名副其實。

「嗯？不是要五單位以上才能處理魔導具素材嗎？」

費爾莫疑惑地問。

「那是考進魔導具科的條件，克拉肯膠帶只要兩單位就能貼了。接近或超過十五單位的人反而比較難貼，因為他們一注入魔力，膠帶就會黏在手上。我念魔導具科時，也遇過魔力太強而貼不了膠帶的人。」

「原來是這樣……」

想要接受高等學院魔導具科的考試，魔力至少要五單位。費爾莫可能因為這樣才誤以為自己辦不到。

使用魔導具科的器材需要五單位以上的魔力，學院便以此作為應考資格。

不過如果只是要黏貼克拉肯膠帶，兩單位就夠了。雖然需要花點時間，但和魔力較強的人細心黏貼所需的時間差不了多少。

男人以熱切的目光盯著克拉肯膠帶，妲莉亞明知答案，仍開口詢問。

「費爾莫先生，您要貼貼看嗎？」

「好！」

兩人並排坐在桌前，拿起起泡瓶的蓋子。

「您知道怎麼進行魔力賦予嗎？」

「大概知道。和初次使用魔導具時一樣，伸出慣用手的食指就行了吧？」

「是的，接著請您想像將指尖的熱度傳到克拉肯膠帶上，保持在快要碰到膠帶的位置。這樣膠帶就會逐漸由白色變成半透明，再沿著瓶子繞一圈……」

「唔，克拉肯膠帶變軟了！」

膠帶變得像烤魷魚乾般黏在費爾莫的指尖。

這是因為他的魔力時強時弱。沒練習過，便無法穩定注入魔力。

「別太用力，一邊吐氣一邊貼。感覺到膠帶快變軟時，就像這樣讓指尖稍微退開，繼續移動。」

「……噢，膠帶變直了……嗯？但沒辦法凝固。」

「因為魔力減弱了。請將手指靠近膠帶，專心黏貼。」

「……專心……專心……」

費爾莫咕噥著努力黏貼，克拉肯膠帶在他指尖下逐漸形成圓圈。

「喔！黏上去了。」

他邊說邊拿起新的膠帶，作業速度比妲莉亞想的還快。

妲莉亞縱使驚訝，仍持續給他賦予相關的建議。

「克拉肯膠帶真的固定住了……可是好皺。」

「不，第四片能貼成這樣已經很不錯了。」

費爾莫貼到第四片時成功繞了蓋子一圈，沒有捲起或魔力缺漏之處。

或許是因為他習於細心製作小物，那個圓相當完整，看不出是第一次賦予的人做的。

「要練多久才能沒有皺褶呢？」

「照這個方式再黏一百片，就能製作商品了。」

「我覺得有點喘，這就是所謂的魔力枯竭嗎？才貼四片……」

「一天貼四片，只要二十五天就能貼得很整齊。而且若每天練到將近枯竭的程度，魔力也會一點一點增加。我相信您過一陣子就能輕鬆貼完所有試作品。」

妲莉亞笑著說完，費爾莫擦了擦汗，輕嘆一口氣。

「能試做更多不同的東西真有趣，但也很累人。要是我年輕時就開始做，可能就不一樣了，卻拖到現在才學……」

「不過您還是會做下去，對吧？」

男人有些感慨地望向遠方，手裡仍握著克拉肯膠帶，妲莉亞見狀忍不住這麼問。

他瞇起綠眸，點頭微笑。

「當然嘍，因為我是工匠啊。」

「費爾莫先生，這是羅塞堤商會送您的見面禮，抱歉這麼晚才拿出來。」

妲莉亞在桌上拆開裝有小型魔導爐的布包。

商會和業者初次合作時，大多會贈送對方自己販賣的商品——她聽伊凡諾這麼說，便將小型魔導爐帶來。

剛才和費爾莫貼克拉肯膠帶貼得太專心，差點忘記這件事。

「這是……魔導具嗎？」

「對，小型化的魔導爐。將鍋子放在上面，就能在桌上或戶外做菜。裡頭附有烤肉和起司鍋等食譜，請您試試看。」

「謝謝，那我就收下了。這也是妳做的嗎？」

「對，但我只是把魔導爐改小一點而已，沒什麼了不起的。」

「要把魔導爐改到這麼小也不容易吧？」

「我其實還想做得更小、更輕，可惜不太順利……」

費爾莫將小型魔導爐轉了一圈觀察完後，翻過來檢視，接著用指背敲了敲爐子，拆開裝載魔石的地方並問道：

「這已經很小了，妳想減到多小？」

「理想上是這爐子的三分之二大，一個裝酒的皮袋那麼重。」

「我有小物輕量化的書，但不知道能不能用在魔導具上，妳要嗎？」

「謝謝，可以借我嗎？」

「給妳吧，我有兩本一樣的。」

費爾莫隨即走向架子，從最下面那層抽出兩本書。兩本都是輕量化的書，介紹的素材分別是金屬和玻璃。他將書遞給妲莉亞後，再度將爐子翻了過來。

「即使是魔導具師，也不能用魔法將物品變小吧？」

「對，雖然在零件製作上比較省力，不過既不能放大、縮小，做東西時也還是得一個一個做。」

這一世難得有魔法，如果還能有放大魔法、縮小魔法和複製魔法，那該有多好——凡是從事手工業的人都渴望這些魔法。

「妲莉亞小姐，外殼設計妳是在哪學的？」

「高等學院的課堂，我父親也有教我。」

「令尊是『熱水器魔導具師』……」

「是的，他叫卡洛·羅塞堤，一年前過世了。」

「這樣啊……」

男人將爐子輕放回桌上，一雙深綠色眼眸望向妲莉亞。

「妳成立商會，憑實力養活自己。他若泉下有知也能安心了。」

「不，我還不夠格。父親若在一旁看著我工作，一定會不斷提醒我注意大小事。」

「這很正常。師父對徒弟期望越高，就越囉嗦啊……」

費爾莫似乎深有同感，臉上露出苦笑。

他的笑容消失時，工房裡頭的門傳來敲門聲。

「打擾了。真抱歉，我丈夫連茶水都沒招待……」

「芭芭拉，別硬撐。我來就好，妳去躺著。」

一名藤紫色頭髮的女人走出來，手裡用托盤端著紅茶。

她穿著灰色工作服，但動作有些不自然，每當變換姿勢時就會微微皺眉，再擠出笑容掩飾，令人同情。看上去就像受傷了一樣。

「抱歉，妲莉亞小姐。她是我太太，和我一起經營這間工房。」

「我叫芭芭拉・甘道菲。羅塞堤商會長，感謝您這次的合作邀約。」

「我是妲莉亞・羅塞堤。我才要謝謝您們接受邀約。之後我們應該會經常往來，所以請叫我妲莉亞就好。」

「那麼也請叫我芭芭拉。」

妲莉亞已經要費爾莫用名字稱呼她，既然要和他們夫妻往來，還是請他們用一樣的稱呼比較好。妲莉亞的動機就只是這樣，芭芭拉卻顯得有些開心。

「請用茶。」

芭芭拉小心地用雙手端著紅茶杯，將茶杯放在桌上那瞬間，她的臉卻痛得皺了起來。

「芭芭拉女士，您還好嗎？」

「沒事。我去年得了『紅斑症』，去神殿治療完還是有點痛……」

得到「紅斑症」的人，身上會出現帶狀的紅斑點和小水泡。症狀聽起來很像妲莉亞前世的母親得過的「帶狀疱疹」。

這個疾病在今世似乎也很常見，她父親的朋友也得過。

芭芭拉說自己已接受過治療，但妲莉亞明白她仍這麼痛的原因。

妲莉亞前世的母親也曾受這種「疱疹後神經痛」之苦。

罹患帶狀疱疹時若神經有所損傷，便會出現疱疹後神經痛。

這一世雖然有治癒魔法，可是原則上要在七天內至神殿治療才能痊癒，七天後病況就會固定下來，無法治癒。芭芭拉可能是超過七天才去看病。

「別逞強，快去休息。」

「我真的沒事，不用擔心。」

芭芭拉擠出笑容回應，儘管旁人都看得出她很不舒服，她仍覺得忍耐是應該的。這點讓妲莉亞想起前世的母親。

妲莉亞前世臨死前，母親才寫信要她偶爾回家，她只用訊息回覆「我盂蘭盆節會回家」。每天忙著加班，連一通電話也沒打給父母。

她想都沒想過自己會比父母早死。

她幾乎沒盡過孝道，出社會後才在父親節送酒，在母親節送點心。

結果身為女兒的她竟先走一步，沒有比這更不孝的了。

所以她接下來做的事並非出於好心，而是一種自我滿足，為的是減輕自己的罪惡感——

妲莉亞邊想邊解下脖子上的獨角獸（unicorn）墜飾。

「芭芭拉女士，這是我戴過的墜飾，若您不介意的話請拿拿看。」

她將獨角獸墜飾遞給芭芭拉。

那是她不久前做的，白色獸角上刻著玫瑰圖樣。獨角獸的角具有減輕疼痛的效果。

「它應該能稍微緩解『紅斑症』的疼痛。」

「可是，這麼昂貴的魔導具……」

妲莉亞走向想要婉拒的芭芭拉，有些強勢地讓她握住墜飾。

魔力緩緩流動，不曉得是芭芭拉的魔力，還是妲莉亞的魔力——白色墜飾開始發出閃亮光芒。

「咦……不那麼痛了。」

芭芭拉睜大眼睛說完，妲莉亞安心地鬆開了手。

「請掛在脖子上，讓墜飾直接觸碰皮膚。解下墜飾的話疼痛可能會復發。纏在手上也行。墜飾不怕被水或汗水沾溼，髒了可以用柔軟的布擦拭。」

「可是——」

「不好意思，可以跟妳借一陣子嗎？啊，妳自己沒問題嗎？妳有哪裡會痛嗎？」

「我沒事，那是我的試作品。我不知道它的效果能持續多久，就送給芭芭拉女士吧，請幫我試用看看。」

「妲莉亞小姐，這是用什麼做的？」

「……獨角獸的角。」

「抱歉！真的很謝謝妳。我沒辦法馬上支付這筆錢，但絕對會分期還給妳。」

費爾莫似乎知道獨角獸是稀有素材，深深低頭道謝。

「真的不用。但我想知道它的有效期限，如果沒效了，請告訴我。」

魔導具師的書籍中並未記載獨角獸素材的止痛效期。沒效了就必須再製作新的。

「這樣對妳來說划不來吧？獨角獸的角可不便宜。」

「呃，那麼……我設計上若有不懂的地方，再向您請教。開發新東西時也想跟您討論。設計也是魔導具很重要的一環。」

「好，我盡量把知道的都告訴妳。如果連我也不懂，我再去問同業。此外妳製作魔導具時若想將工作外包，只要是魔力少的人也能做的，隨時跟我說。粗活和雜事我都能做。」

「謝謝，到時候我會不客氣地拜託您的。」

妲莉亞若婉拒，費爾莫可能會更過意不去。因此她還刻意加了「不客氣」三個字。

一旁的芭芭拉因疼痛消失而深感驚訝，這時才回過神來說：

「妲莉亞小姐，謝謝妳的好意。不過女性上了年紀很容易渾身病痛，令堂可能也需要這個墜飾。妳還是自己留著……」

「沒關係，我沒有母親。」

「啊，抱歉，令堂過世了嗎？妳還這麼年輕，一定很寂寞吧。」

「不，不會寂寞……因為我對母親沒有印象……」

妲莉亞才在想前世的母親，又想起今世從未見過的母親，思緒有些混亂。

說到母親，她記憶中只有前世母親已然模糊的面容和聲音，久遠到已沒有寂寞的感覺。

然而她既無法說明這件事，也想不到如何含糊帶過。

見妲莉亞一臉慌張，芭芭拉也懊惱了起來。

「我好像問了不該問的問題，真抱歉。但這應該很貴吧？給我這種人用真的好嗎……」

「魔導具就該由需要的人有效運用，您儘管用吧。」

這是妲莉亞的真心話。

現在芭芭拉比她更需要這個墜飾。

而且她希望一起工作的人能常保笑容。

她是將工作委託給甘道菲工房的案主。

如果一個墜飾就能提升對方的幹勁和效率，那麼到頭來還是她賺到。

「呃，我也有私心啦！我想點燃費爾莫先生的幹勁，這樣他工作就會做得更好。」

「……我完全被點燃了，甚至有種『胸口被火魔石砸中』的感覺。」

「費、費爾莫先生！」

妲莉亞不禁驚呼。「胸口被火魔石砸中」——這句話在本國大多意味著「墜入愛河」。

響亮的拍打聲隨即傳來。

原來是芭芭拉狠狠拍了一下丈夫的頭。

「對不起，妲莉亞小姐。這個人口無遮攔……」

芭芭拉笑著說道，旁邊的費爾莫則按著頭哀號。

妲莉亞默默希望迎接的馬車能早一點來。

⬢ ⬢ ⬢

他們若無其事地聊了一會兒工作的事，迎接妲莉亞的馬車就來了。

費爾莫目送她離去後，拍了拍斑白的頭。

「還是很痛……好久沒被妳狠揍了。」

「誰教你要對妲莉亞小姐說些有的沒的。」

儘管芭芭拉語氣頗凶，嘴角卻勾了起來。

「啊～不小心的啦。不過，要是能在年輕時遇見她就好了。」

「你還說？是想跟我宣戰嗎？」

「不不不，放下妳的右手。我不是那個意思，只是覺得要是能在年輕時就認識那樣的工匠同伴，說不定能做出更多不同東西，有點可惜……」

「你在說什麼？你還很年輕啊。我也能自由活動了，今後想做什麼儘管做吧。」

芭芭拉爽快地說完，將空茶杯移到托盤上，動作俐落得像生病之前一樣。費爾莫見狀露出欣喜的笑容。

「妳也滿開心的啊。」

「當然嘍，我能動了嘛。啊，真想生一個像妲莉亞小姐那樣可愛的女兒。我們這兒都是些自以為是的男孩……對了，我剛才不敢問，獨角獸角做的墜飾要多少錢？」

「我之前在別的工房看過，同樣大小的手環要三枚金幣。這上面又有魔力加工的花朵圖案，應該更貴。」

「我們努力工作，早點把錢還給人家吧。」

「好，要連利息一起還她，不然會丟工房的臉。」

費爾莫想起從父親手中繼承工房那天的情景，輕撫著長期使用的工作桌上的刮痕。旁邊也有徒弟弄的新刮痕。白色的工作桌經年累月變成了麥芽糖色，但還很堪用。

他今晚要在這張桌上，撰寫各種起泡瓶的規格書和設計書，就算熬夜也要全部寫完。

「話說我的魔力也有兩單位，我也可以貼嗎？」

芭芭拉緊盯著克拉肯膠帶，眼神和費爾莫一樣充滿工匠的熱情。

「我教妳，來試試看吧。等徒弟們送貨回來，也讓他們試試。我記得他們的魔力分別是三和四，應該能貼得比我多……」

能做的事變多，對工匠而言無比開心。

除了克拉肯膠帶的貼法，費爾莫還想早點告訴他們芭芭拉康復的事和妲莉亞的事。

他期待著徒弟們歸來，將克拉肯膠帶遞給妻子。

討伐鷹身女妖

搭了一天的馬車，再騎馬走了一天的山路。

三十名魔物討伐部隊員和五名魔導師從王都前往東北方的山腳地帶。

據說鷹身女妖在山裡的洞窟和洞外的茂密樹林搭建了巢穴。

鷹身女妖若只棲息在山中還沒事，問題是山腳下的村莊以養羊為生。牠們起初抓的是離群的小羊，接著是成羊。後來食髓知味般每天來抓羊。束手無策的村民請求國家討伐女妖，魔物討伐部隊便被派來此地。

「看到鷹身女妖了嗎？」

「有，是個小群體，數量有十三隻。」

身穿黑袍的魔導師在大玻璃板上展開紅色魔法陣做確認。

這項魔導具可以放大視野，而且和望遠鏡不同，畫面不太會變形。

可惜只有注入魔力的人看得到畫面，其他人就算在旁邊也什麼都看不到。

「應該是一般的鷹身女妖，不是變種。」

從巢穴前起飛的女妖有著綠髮和象牙色皮膚。

牠們從頭到胸就像人類的年輕女性一樣，胸部以下沒有手，取而代之的是大鵰般的綠色翅膀。

裸露的胸部顯得有些情色，但沒有一個隊員看了會開心。

實際戰鬥過就知道，牠們和其他飛行類魔物一樣，迴避力高，爪子和獠牙也很恐怖。

「不是變種也要小心，牠們畢竟『有翅膀』。要是能請龍騎士來，以備不時之需就好了……」

「前提是龍騎士必須像鄰國那樣增加到二位數，不然很難請他們一起遠征。」

鄰國的動物和魔物畜牧業很興盛，軍隊裡已有十多隻小型飛龍。

但在奧迪涅王國，能駕馭小型飛龍的龍騎士只有寥寥數人，而且全是近衛隊員。龍騎士人數少，因此比起戰鬥員，他們更常擔任緊急時的聯絡員。若沒什麼大事，他們不會和魔物討伐部隊同行。

不過部隊若有人失蹤，龍騎士也會出動協尋，對部隊還是有幫助。

「既然這次要討伐鷹身女妖，也必須清除牠們的巢穴。大家有什麼提議？」

「副隊長，我可以發言嗎？」

黑髮男子舉手，副隊長葛利賽達點了頭。沃爾弗接著說道：

「一開始先讓所有魔導師和弓箭手一同發動攻擊如何？女妖落至地面後再由隊員收拾，接著清除牠們的巢穴。最後用土魔法封死洞窟入口，牠們就無法再築巢，這麼做最保險。」

「有道理，等一下就這麼做吧。」

沃爾弗搭馬車時，全程都在根據之前得到的情報拚命構思計畫。聽到自己的提案順利通過，他鬆了口氣。

老實說比起討伐的功績，他更渴望早早結束任務，回到王都。

這次討伐再短也要五天。這裡離王都太遠，連封信都無法送至綠塔。

上個月前他對遠征地和王都之間的距離毫不在意，現在卻覺得遙遠無比。

隊員們做好準備後，躲進附近的樹林以防被發現。

半小時後，群體中大部分的女妖都回來了。

可能是因為餐餐吃羊的關係，每隻鷹身女妖都很豐滿，頭髮和綠色翅膀也泛著光澤。

牠們爪子上也抓著羊。

村民雖想保護羊隻，可是羊的數量太多，他們無法完全顧及。

而且羊吃的是房屋周邊的草。總不能整天將所有羊關在室內。

「鷹身女妖說到底還是鷹身女妖……」

「不然你覺得牠們像什麼？」

鷹身女妖臉長得像人，但可能因為表情和人不同，有種似人非人的感覺。

牠們的嘴巴張開後比人大得多，血紅大口內有紅舌，以及長長的白色獠牙。

「要是鷹身女妖長得再可愛一點……」

「多利諾，你想在我們要討伐的魔物身上尋求什麼？」

「快開始嘍。」

他們動著嘴唇閒聊，音量低到稱不上低語，並等待著這次負責指揮的前輩下指令。

「攻擊開始！」

轟！風魔法的獨特聲音響起，接著冰、水、土魔法齊發。

好幾道風魔法劃破天空，冰針（ice needle）、水槍（water lance）、石箭（stone arrow）等魔法緊追在後。

這些魔法雖然有效，但鷹身女妖身為魔物也有一定的魔法防禦力。牠們還用風魔法避開攻擊，企圖逃往高空。

這時弓騎士一同放箭，給女妖們致命一擊。

「咿——！」

尖銳叫聲傳來，有五六隻沒被殺死或失去平衡的女妖朝地面落下。待命的騎士們全力衝上去。

然而，黑髮男子跳向空中，一口氣將衝刺的騎士們甩在後頭。

男子就像背上長了翅膀似的躍起，並在空中揮舞長劍。兩隻女妖當場斷成兩截，連哀號的時間都沒有。

他在血沫噴濺中面不改色地落至地面。

「竟然跳得比訓練時還高！」

「留一點給我們收拾嘛，魔王！」

眼見男子一個人搶先完成工作，部分隊員出聲抱怨。

他們抱怨歸抱怨，仍在幾分鐘內將女妖全部解決。

而後，眾人為了清除女妖巢穴，開始焚燒洞窟裡鋪的草。女妖討厭草被燒過後的味道，這麼做牠們就不會再來這裡。

接下來只要由魔導師用土魔法將入口掩埋，任務就結束了。

白煙裊裊中，隊員發現地面有個影子。

「你們看！」

有隻單獨行動的鷹身女妖正朝巢穴飛來。

隊員們之所以臉色大變，並不是因為看到那隻女妖。

而是因為牠雙爪間抓的不是羊，而是一名幼童。不知他是昏厥還是死了，手腳無力地垂掛著。

「來人，快用魔法！」

「不行，會擊中孩子的！」

「箭呢？」

「牠飛得那麼快，射箭也沒用！」

鷹身女妖看見巢穴前的騎士們，改變方向想逃跑。

這時孩子正好甦醒，開始躁動大哭。女妖在空中失去平衡，單邊鉤爪因而鬆開，使孩子吊在半空中。

那個位置太高，掉下來肯定沒救——沃爾弗立刻大喊：

「蘭道夫，舉起盾牌！」

「好！」

蘭道夫膝蓋跪地，用雙手將大盾往斜上方舉起。

「上吧，沃爾弗！」

沃爾弗全力衝刺，踩著大盾奮力跳向空中。

「笨蛋！這樣沒用吧！」

有人傻眼地喊道。

他之前也曾多次踩著蘭道夫的大盾跳向空中。這招能用來跳向大型魔物或與之交戰。

獲得天狼手環後，他也曾在鍛鍊場簡單練習過。然而他從來沒跳過這麼長的距離。

儘管他用盡全力跳躍，離孩子仍有幾公尺遠。

「讓我過去！」

風回應了沃爾弗的呼喊，空中彷彿有個跳板，讓他的身體繼續前進。

他一腳踹向女妖，搶回孩子後，重力瞬間恢復正常。

兩人一妖糾纏在一起，掉進森林。

聲。

「喂，沃爾弗！你還好嗎？」

「還好！請幫我解決鷹身女妖！」

在森林中戒備的騎士舉劍刺向女妖。不知牠是已經死亡，還是失去知覺，連叫都沒叫一聲。

「沃爾弗，你沒受傷吧？」

「嗯，我沒事。我在掉落過程中被樹枝勾到，落地時也把女妖壓在下面。這孩子比較嚴重，被女妖的爪子弄傷了。得用治癒魔法幫他治療。」

「我去請前輩過來。不對，把這孩子抱過去比較快。為求慎重起見，你還是脫下盔甲檢查一下傷勢比較好。」

多利諾接過小孩，快步離去。

很多人會因為戰鬥後情緒亢奮，沒注意到自己受了傷。而且沃爾弗又從那麼高的地方掉下來。即便他有天狼手環，還是小心為妙。

他褪去盔甲，這時一名黑髮魔導師走來。對方的年紀比沃爾弗大上一輪。

「沃爾弗雷德，可以跟你聊一下嗎？」

「好的，怎麼了？」

「你會用風魔法了嗎？」

「不，我不會。我的外部魔力還是零。」

「那麼剛剛的力量，有沒有可能是『後發魔力』？」

「不可能。您可以拿出檢測魔石，實際測測看。」

後發魔力指的是長大後魔力突然變強，或突然可以使用外部魔力的狀況。可惜這種狀況非常少。

沃爾弗也曾期待自己能有後發魔力，測了好幾次，每次結果都是零。

「這樣啊。剛剛的跳躍太完美，我還期待你有後發魔力呢。」

這位魔導師很喜歡魔導具，還是這次率領魔導師出征的人。

沃爾弗跳都跳了，要是不說實話，事後再被他調查也不太好。

幸好沃爾弗已獲准將天狼手環帶進王城。他決定向對方委婉說明。

「我用了一項獲准使用的動作輔助魔導具。事關我家裡的狀況，希望您幫我保密。」

「這樣啊。可以讓我見識見識嗎？」

「請看。抱歉這不能拿下來，只能讓您這樣看。」

沃爾弗脫下手套，稍微捲起袖子亮出手環。

男人盯著他手腕上的天狼手環看了十秒，微微一笑。

「雖然看不出原理，但在魔力施展上很有效率，是很棒的魔導具。製作者的技術應該很不錯。」

「謝謝。」

沃爾弗像自己被稱讚似的笑了。有名騎士從他身後匆匆跑來。

「會治癒魔法的人，快來幫蘭道夫診治一下！」

「咦，蘭道夫？」

沃爾弗聽見聲音，連忙回頭。

「蘭道夫雙手腕骨折了。他的手折成奇怪的形狀，沒辦法放開盾牌！」

「抱歉！是我的錯！我先去道歉，失陪了！」

沃爾弗以大盾為跳板，似乎對蘭道夫造成了很大的負擔。他趕緊走到友人身邊。

魔導師留在原地，目送那高大的背影，喃喃說了聲：

「得到這麼好的魔導具，卻『沒有魔力』……要運用自如也不容易。」

荊棘之路

「是的，我想過會發生這種事，也做好了心理準備。我以前曾覺得，只要夠努力一定能完成……」

在商業公會，嘉布列拉的辦公室中，芥子色頭髮的男人深深嘆氣。

他雙手拿著一疊厚厚的文件。

「伊凡諾，先坐下再說。你說有事想商量……那是什麼文件？」

「各種起泡瓶的規格書和設計書。」

「是我老花眼看錯了嗎？有一整疊呢。」

嘉布列拉瞇起眼睛問道。

那到底有幾頁？是不是和其他文件或資料混在一起了？

「沒有錯，全部都是起泡瓶的文件。我對妲莉亞小姐已經做好心理準備，也擬好了對策，但對於甘道菲工房卻沒考慮那麼多。沒想到費爾莫先生會一次登錄這麼多種起泡瓶，是想要我像史萊姆一樣分裂嗎？」

嘉布列拉有點想笑，但見伊凡諾表情嚴肅，她還是忍住了。

他手上全是要向商業公會登錄利益契約書所用的文件。

一次登錄這麼多，讓人難以置信，而且也應付不來。

「所以我想在公會內租一個羅塞堤商會專用的辦公室，請您給我簽約需要的文件。另外，我還想招募兩三位短期事務員，如果您心中有不錯的人選再麻煩告訴我。我想請他們謄寫文件、撰寫信件，所以想找字跡工整的人。」

商業公會的部分房間可以出借給有需求的商會。

有些外國商會會以此作為最初的據點。本國商會若需要常來商業公會開會或辦事，認為有必要派人常駐在此，也會承租辦公室。

不過這裡的租金有點貴，即使是小辦公室，一個月也要兩枚金幣起跳。

「到時候一定會為了登錄利益契約書而常跑負責單位，所以我想租二樓的辦公室，以免爬上爬下，流一身汗。」

「結果你還是沒能離開公會二樓。現在的收支狀況如何？租金負擔不會太重嗎？」

「將公會支付給我們的錢撥兩成出來應該就夠了。我也考慮過在附近租房子，但我還要一陣子才能將公會的工作交接完，也想省下往來的時間。等各種起泡瓶開始量產後，營收就能多一位數了，您不用擔心。不過也要看甘道菲工房願意為我們做到什麼地步。」

「要不要同時委託其他工房？」

「不必。雖然我下午才會和妲莉亞小姐做細部確認，但我個人不想和太多工房合作，想先讓甘道菲工房打響名號。再來我打算賣點人情，讓他們有朝一日成為妲莉亞小姐的專屬工房。」

男人淡淡地說，臉上少了平時的柔和神情。

深藍雙眸直視著嘉布列拉，眼中的光芒比擔任公會員時更強烈。

「羅塞堤商會有件事想拜託您這位代理公會長。」

「什麼事？」

「請在這兩年擔任貴族用起泡瓶的仲介。即使公會要抽成，或要動用傑達子爵的權勢也無妨。」

「這項提案對我們來說很有利，但真的沒關係嗎？貴族的錢可是很好賺的喔。」

「除了沃爾弗先生和王城外，我不想讓妲莉亞小姐在現階段和貴族來往。這樣太危險了，我也還有很多不足。商會該再增加一些人，但人才篩選和教育訓練最少要花兩年。」

這間商會連準備期都沒有，就突然成立，伊凡諾後來才自願進來幫忙。

妲莉亞開發的商品確實能賺取利潤，但羅塞堤商會和其他商會的連結還太少，地基也不穩固。

「羅塞堤商會的聯絡地址寫的是公會，那文件上的據點在哪裡？」

「沃爾弗先生的宅邸。不然可能會有人隨便跑到妲莉亞小姐的家。我已經拜託過沃爾弗先生了。」

「這樣比較好。不過可能會加深人們的誤解就是了。」

「誤解？」

「聽說他們倆不久前一起去掃墓。公會的年輕職員在路上和他們擦身而過，但他們完全沒注意到。不過兩個人後來就分頭前往平民區和貴族區。」

「這真的是誤解嗎……」

伊凡諾偏了偏頭。

就他看來，沃爾弗相當迷戀妲莉亞。不知道沃爾弗本人有沒有這個自覺。

妲莉亞的態度則不甚明顯，但可以感覺得出她很信任沃爾弗，將對方當作摯友或家人般對待。

伊凡諾很想支持這個在暗中守護妲莉亞的笨拙男子。

「嘉布列拉小姐，這只是閒聊而已。假設一對情侶進展順利，男方是伯爵家之子，他可以放棄貴族身分成為平民，入贅到商人之家嗎？」

「伯爵家有點困難，更何況是下一代確定會升為侯爵的家庭。再者英俊的男子若無家庭作為後盾，離家生活，麻煩會接踵而至。女方也會不斷受到貴族女性的報復和騷擾。」

「那麼假設……使商會規模擴大，成為王城指定業者，或得到高階貴族的後援，商會長因而當上女性男爵，男方是否就能順利入贅？」

他們完全沒提到人名，卻都知曉對象為何。

嘉布列拉瞇起深藍眼眸，對伊凡諾微笑。

「對，這樣應該可行。」

「那麼，我的目標就是要讓商會至少擴大到這個規模。」

「口氣真大。不過這可是條荊棘之路喔。」

嘉布列拉從一介平民當上子爵夫人，這應該是她切身的感想。

但這不是痴人說夢。眼前就有一個實現夢想的人。

因此伊凡諾故意大笑了一下。

「我認識走過這條路的人。即使方向不同，路線仍可作為參考。」

伊凡諾走出副公會長辦公室後，往下來到公會二樓。

他穿越走廊，在看得見藍天的窗戶前稍微緩下腳步。

每次經過這裡，他都會想起妲莉亞的父親卡洛。

卡洛．羅塞堤有著沙色頭髮和溫厚笑容，是個像風一樣的男人。

他和任何人說話都不會擺架子，不會小看別人。

他會在必要時對人使用敬語，但無論和嘉布列拉夫妻說話，或和伊凡諾說話，態度都不會差太多。對待指名要找他的貴族顧客，或對公會的新進職員也一樣。

他很擅長在閒聊時講些笑話，因此身邊總是充滿歡笑。

那男人也是個優秀的魔導具師，對待工作一絲不苟。

他從未搞錯魔導具的交期和交貨數，也幾乎沒出過瑕疵品。

資深職員若行事草率，他會立刻向公會抗議。

但若是新人不小心犯錯，他只會直接指出問題。

見到別人有困難，他會理所當然地伸出援手，而且不求回報。

如果有年輕魔導具師被迫要和貴族簽訂不合理契約，他甚至會用男爵身分加以阻止。

他曾在兩名爭執的職員間充當和事佬，也曾請工作犯錯而沮喪的人吃飯喝酒。伊凡諾被繁重的工作壓垮時，也和他一起喝過酒。

此外，當公會裡的女職員被高階貴族纏上時，他也曾幫忙解圍。但女職員後來登門道謝，他卻說不記得對方，就各方面都讓那位女職員很想哭。

儘管有妲莉亞這個女兒，但單身的卡洛既有男爵地位，又是有才華的魔導具師，自然有不少相親機會和邀約。

公證人多明尼克也多次建議卡洛再婚。

然而他面對這些邀約都笑著回絕，也幾乎沒和女性傳過緋聞。在伊凡諾的記憶中，只有一則和副公會長嘉布列拉有關的傳聞。

有不肖人士散布謠言：「魔導具師卡洛經常進出副公會長辦公室，兩人過從甚密。」

卡洛確實會進出副公會長辦公室，但辦公室裡通常都有其他人，而且以次數而言，卡洛還比較常在會長辦公室和傑達夫妻見面。

當時伊凡諾還太年輕，對這則謠言感到義憤填膺。

他老實地對嘉布列拉和卡洛說：「外頭竟有這種失禮的謠言！」

嘉布列拉默默地笑了笑，用指尖輕撫婚約手環。

卡洛不但沒生氣，還露出一副參加葬禮的神情說：「我打從心底同情散播謠言的人。」

伊凡諾還在疑惑他們為何不生氣，隔天就見到那名不肖人士雙膝跪在會長辦公室前賠不是。

商業公會長，嘉布列拉的丈夫雷歐涅・傑達子爵——他肯定做了些什麼，但大家都守口如瓶。

伊凡諾向資深職員問起這件事，對方也只露出微妙的笑容，什麼都不說。

他後來跑去問卡洛，卡洛望著遠方回道：「雷歐涅對妻子的愛有點過頭了……」，伊凡諾大概理解他的意思。

那個人的道歉行動持續了五天，第六天就沒再出現。伊凡諾還以為雷歐涅終於原諒對方，原來是掃地的人對嘉布列拉說那個人很礙事，嘉布列拉便叫他別跪在那裡。

伊凡諾有點同情他，不過只有一根頭髮那麼多。

卡洛是個優秀的魔導具師。

然而他並不執著於賺錢，凡是他不想做的魔導具，就算是高階貴族的委託也會拒絕。連王城找他商量事情，他也曾果斷拒絕過。

嘉布列拉說：「能讓卡洛動起來的只有魔導具、女兒和美酒。」，伊凡諾深感認同。

伊凡諾的女兒出生時，卡洛為他慶祝之餘，還貼心告訴他哪間幼兒用品店比較好、家中該常備哪些藥物。

伊凡諾將他視為同樣有女兒的前輩爸爸，心想日後有事就和他商量。

沒想到，卡洛卻在初夏的陽光中突然在此倒下。

最先發現並趕到的是伊凡諾。

卡洛倒下前還一如往常地和公會員聊著工作上的事，撰寫文件。辦完事後笑著說：「快到適合喝冰愛爾啤酒的時期了。」

他很喜歡喝酒。夏天喝冰愛爾啤酒，秋天喝蒸餾酒，冬天喝熱東酒——卡洛每年都會在季節來臨前，率先說出適合的酒類。

「您一年四季都喜歡喝酒吧？」伊凡諾有次這麼問時，卡洛回道：「還要配上我女兒做的菜！」

他酒量非常好，不久前和伊凡諾喝酒時絲毫沒有生病的跡象。

所以那天伊凡諾也以為他只是不小心摔倒或頭暈而已。

然而伊凡諾問他：「卡洛先生，您還好嗎？」，他卻沒有回應。
卡洛臉色蒼白，喘了幾口氣，痛苦地用右手按住胸口，全身僵硬。
伊凡諾立刻對職員大喊：「快叫醫生來！」然後連聲呼喚：「卡洛先生、卡洛先生。」
喊著喊著，他感覺到卡洛的體溫逐漸流失，便明白為時已晚。
卡洛的唇形看起來像是在說「啊」。
伊凡諾認為那應該是妲莉亞的「妲」，但從未向任何人提起。
痛苦到連女兒的名字都喊不出來，這樣的死狀太不適合他。
因此伊凡諾一直對別人說，卡洛還來不及痛苦，一下子就走了，自己無能為力。

卡洛葬禮那天，妲莉亞獨自佇立著。
她身旁明明有托比亞斯，還有奧蘭多商會長依勒內歐。
卡洛的朋友、同業及妲莉亞的朋友也紛紛安慰她。
但在伊凡諾眼中，妲莉亞彷彿獨自一人強忍哀傷佇立在那兒。
「對不起，我無能為力。」伊凡諾向她道歉，妲莉亞毫未責備他。
她還用微弱而平靜的聲音說：「謝謝你在我父親臨終時陪在他身邊。」

伊凡諾說不出任何悼念或安慰的話，只能深深低下頭。

如今，伊凡諾以商會員身分陪在妲莉亞身邊。

他只是妲莉亞的工作夥伴、下屬，只是個看中她魔導具師潛力的商人。

不是她的親戚或朋友。

可是他還是希望她跨越荊棘之路，過上幸福的生活。之所以這麼想，不知是因為他認識卡洛這個人、見證卡洛的死，還是因為見到獨自佇立的妲莉亞——他明白這是種單方面且自私的支持。

不過有一點他可以發誓。

他絕對不會做出任何讓前輩卡洛．羅塞堤丟臉的事。

◆◆◆◆◆◆

「羅塞堤小姐，我們有些事想請教妳！」

正午過後，妲莉亞一踏入商業公會就被女職員們攔住。

妲莉亞心想站在門口會擋到別人，不得已只好移動到通往二樓的樓梯前。

「什麼事呢？」

她已經猜到內容，但還是換上工作模式的表情和聲音問道。

「妳和斯卡法洛特大人在交往嗎？」

最年輕的女職員眼神閃亮地問。

「是的，我們以朋友身分在交往。」

這個回答妲莉亞豈止說過幾次，幾十次都有了。她在心裡嘆氣。

沃爾弗雷德・斯卡法洛特——她朋友沃爾弗是魔物討伐部隊的赤鎧，還是伯爵家的四子，有著顯赫的頭銜。

但讓他出名的不是這些頭銜，而是那近乎藝術的外貌。

烏鴉溼羽般的黑髮、白皙俊俏的面容、高挺的鼻梁和形狀漂亮的薄唇。

最迷人的是那細長的黃金色雙眼，以及眼中有如黑夜的瞳孔。

再加上修長身型，擺出騎士的標準站姿，數不清的女性不只會被他迷住，甚至會產生強烈的渴望。

然而沃爾弗非但無法引以為傲，還為此深感煩惱。

他在認識妲莉亞前一個女性朋友都沒有，連和男性朋友的關係也常因女性而惡化。受歡迎過了頭也是一種不幸。

「朋友？所以妳不是他的戀人？」

「那……是可以獲得好處的關係嗎……？還是說，妳的商會有提供他什麼協助……」

一樓詢問處的事務員吞吞吐吐地接著問。

她問得很迂迴，簡單來說就是想問「不是戀人，那是不是情婦？」。

「我的確有受他幫助，但我們只是普通朋友。」

妲莉亞說著突然對「普通朋友」的定義產生疑惑。

沃爾弗確實當了羅塞堤商會的保證人。不過比起這點，他們更像是聊天的朋友、喝酒的朋友、一起製作魔導具和魔劍的夥伴——這種關係很難形容。

「朋友啊……妲莉亞小姐，妳很常和斯卡法洛特大人一起喝茶、吃飯對吧？」

為何突然從「羅塞堤」改口稱呼她「妲莉亞」，還用這麼親暱的口吻？

妲莉亞並未允許或要求對方這麼做。這位事務員常為商會遞送文件，見到她的轉變，妲莉亞有種難以言喻的苦悶感。而且她很清楚對方接下來要說什麼。

「下次能不能邀我一起去呢？」

「沃爾弗大人是斯卡法洛特伯爵家的成員，我無法決定誰能與他同席。請去詢問他本人，或去拜託斯卡法洛特家。」

妲莉亞最近常被問到這種問題，她每次都這麼回答。是沃爾弗請她這麼回答的。順帶一提，這類請求一到斯卡法洛特家就會被擋下來，根本不會傳到本人耳裡。

「我先失陪了。」

想請妲莉亞介紹的女職員顯得很不滿，妲莉亞仍結束話題，爬上樓梯。

走到樓梯中間的平臺時，有個人不死心地追來，抓住她的肩膀。

「那個，請妳至少告訴我們，斯卡法洛特大人有什麼興趣、喜歡什麼！」

結果對方又追問了沃爾弗的事，再次請妲莉亞介紹。妲莉亞花了點時間才擺脫她。

妲莉亞有些疲憊地爬到二樓，正好見到伊凡諾抱著大量文件走來。

「妲莉亞小姐，午安。妳好像很累？」

「我沒事，只是過來這裡時花了點時間。」

伊凡諾說他在商業公會內租了個羅塞堤商會專用的辦公室，妲莉亞聽完後鬆了口氣。最近他們經常借用公會的會議室或談話室，妲莉亞還擔心會打擾到別人。

幸好二樓的辦公室沒有一樓那麼受歡迎，還有空房。

他們隨即移動到伊凡諾租借的辦公室，妲莉亞在那裡聽取收支報告、鞋墊相關報告，以及事務員的事。

「剛才奧蘭多商會派人聯絡說『妖精結晶即將到貨』。到貨後可以由我去領取嗎？」

「麻煩你了。」

有了妖精結晶，就能製作沃爾弗的備用眼鏡。這樣即使眼鏡壞了，沃爾弗也不會因此就不能出門。

妲莉亞少了一件擔心的事而放下心來，這時伊凡諾壓低音量說：

「妲莉亞小姐，若妳允許，我想改回原本的姓氏……」

「伊凡諾先生原本不是姓『巴多爾』嗎？」

「巴多爾是我妻子家的姓。我原本姓『梅卡丹堤』，來王都前叫伊凡諾·梅卡丹堤。啊，神殿的契約魔法就算改姓還是有效，不用特別去改。」

「這點我倒不擔心。原來你姓梅卡丹堤，我第一次聽說。」

「對，王都應該沒有人叫這個姓，還滿少見的。」

「梅卡丹堤，發音聽起來很帥，很適合你。」

「是嗎……」

伊凡諾笑了。不，他只是擠出笑容。

深藍眼眸突然變得冰冷，讓妲莉亞有點緊張。

「妲莉亞小姐，雖然不太光彩，但請容我講一下自己以前的事……我以前在其他城鎮是商會長的長子，十九歲時商會倒閉，我也失去了家人。我和妻子逃離家鄉，來到王都。此後便改為妻子的姓『巴多爾』，一直在公會工作。」

「……原來是這樣。」

「我父親的商會已成了過去式，但我們沒有同姓的親戚，如果我不改回梅卡丹提，這個姓氏就會消失。我如今才在意起這件事。梅卡丹提同時也是倒閉商會的名字，我真的可以改回來嗎？」

「當然。有什麼問題嗎？」

「萬一有知道梅卡丹提這個姓氏的人可能會覺得不吉利，或者說羅塞堤商會怎麼僱用那種沒出息的人。」

「別理那些人就好。伊凡諾先生明明就很有能力。」

要是在意吉不吉利或別人的話會沒完沒了。現在的妲莉亞對此有深刻的了解。

剛才女職員們詢問沃爾弗的事時也是如此，她們拐彎抹角地問妲莉亞是不是他一時的戀人或情婦，或者商會反倒有提供他協助。妲莉亞說是朋友，她們又要她幫忙介紹，實在很可笑。

不必理會外人擅自的評論。

伊凡諾為她工作，他本人的話更可信。

「而且，你只要在王都用梅卡丹堤這個姓氏闖出名號不就好了嗎？」

「……嗯，說得也是。之後人們可能會說『羅塞堤商會有個梅卡丹堤』，這樣也不賴。」

他閉上眼睛點了點頭後，露出平時的柔和笑容。

爾後，妲莉亞接過一疊起泡瓶文件，全是甘道菲工房的費爾莫提出的。

她確認過內容，逐一在共同開發者的位置簽名。這進度遠比她想的還快。

「費爾莫先生做東西和寫文件的速度都很快呢。」

「對啊，我收到文件時雖然聽了他的說明，還是被數量和內容嚇了一跳。」

「找熟悉設計的人商量果然是對的。費爾莫先生做出了我沒想過的款式，也教了我很多設計上的事，真的幫了我很多。」

「這樣啊，那太好了。」

伊凡諾點點頭，隨即轉換為嚴肅的態度。他咳了一聲，深藍雙眼直盯著妲莉亞。

「妲莉亞小姐……不，羅塞堤商會長，身為下屬的我有些意見想說。妳聽了可能會不高興，但可以聽我把話說完嗎？」

「好的，請說。」

妲莉亞在椅子上端正坐姿。

不知是關於烘鞋機的開發，還是與費爾莫共同設計的問題，抑或是她進王城時表現太差，以致城裡的人有所不滿。可能性太多，她想不出究竟是哪件事。

「妲莉亞小姐，妳姿態放太低了。」

「咦？」

出乎意料的話語令她咦了一聲。

「妳來辦公室之前，在樓梯口被女職員們攔住了對吧？以後如果有人問妳沃爾弗先生的事，妳可以什麼都不要回答。遇到麻煩的問題，請用『說太多會失禮』一句話帶過。我會提醒公會。這樣的行為對商會長和斯卡法洛特伯爵家很失禮，職員用工作時間閒聊，也代表公會管理上出了問題。若她們還是纏著妳不放，請跟我說。我會以羅塞堤商會員的身分提出抗議，也會以商業公會員身分好好教訓她們。」

「……好的。」

「另外，請妳直呼我『伊凡諾』。對我這種年長的大叔直呼其名，妳可能會覺得很奇怪，但這是商會的慣例。我的目標是成為會長的左右手，請妳趁早習慣這個稱呼。」

「我知道了，伊、伊凡諾……」

嘉布列拉那時也是如此，直呼別人的名字意外地困難。妲莉亞可能還要再一段時間才會習慣。

「再來，甘道菲工房是為我們商會工作的人。妳和費爾莫先生走得近沒關係，但在公會內提到他時，請避免將他當成『師父』或『老師』。這樣會引起不必要的誤會。」

「什麼誤會？」

「可能會有人說你們名義上是共同開發，實際上是費爾莫先生開發，妳只是掛名。遺憾的是，人們對年輕女性在技術或開發方面的成功，有很強的仇視心理。這不是開玩笑，其仇視程度是一般的兩倍，不，三倍之多。」

「我會小心的……」

妲莉亞向費爾莫學習，自然對他有種「老師」的感覺。

她想都沒想過自己的態度竟有可能被曲解成這樣。

「最後，希望妳謹慎對待試作品。聽說妳送了甘道菲太太一個墜飾型的魔導具，對方說想還妳錢。」

「那不是商會，而是我個人……」

「我懂，是妳好心送給對方的。細節我都聽費爾莫先生說了。不過妳花在那上面的材料費和製作時間應該不少吧？」

「但那不是商品，而是試作品。我還不清楚它的效果，也還不確定效用能持續多久。而且我父親說過，試作品千萬不能收錢……」

「他說的是魔導具師的工作吧？我大概明白。但妳現在不但是魔導具師，也是商會長。妳身邊有我這個商會員，還有商會保證人，往後顧客也會增加，因此有賺取利潤的責任。」

「好……」

「我不是說卡洛先生說的是錯的，也沒有禁止妳送東西給對方，只是希望妳明白，妳贈送的對象不是妳的『家人』。這次的對象是費爾莫先生，或許會對今後有所助益，可是如果遇到利用妳善意的人要怎麼辦？如果有人說他有困難，求妳給他試作品，妳每次都要免費給對方嗎？」

「不……」

商會長應以利益為優先——她的腦子雖然明白，但可能因為以前常將試作品送給父親和托比亞斯，現在仍有這個習慣。

回想起來，她有好幾次只顧著能幫到對方，沒有深思就這麼做。

「而且，妲莉亞小姐，妳應該是專業的魔導具師吧？」

「我是。」

「既然是專業魔導具師做的試作品，妳就該向對方好好說明功能，約定好試用期間和報告等事宜，經過一定的流程再交給對方，不是嗎？就算是試作品也不能當場丟給人家。妳有沒有想過，對方可能會覺得『這是種施捨』或『妳瞧不起他們』？」

「啊……」

這些話彷彿刺進妲莉亞的胸口，令她啞口無言。

她只是想幫沃爾弗。

她看見費爾莫的妻子便想起前世的母親，想減輕對方的疼痛。

這不是施捨，她也沒有瞧不起別人。但她確實不知道對方是怎麼想的。

一想到自己有可能不自覺地傷害到人，她頓時感到忐忑不安。

「……就是這樣了，抱歉我說得嚴厲了些。」

她的臉色可能很難看吧。

回過神來，才發現伊凡諾正低頭道歉。

「不會！不用道歉，謝謝你告訴我。我沒考慮到利益和對方的感受……是試作品就該相互約定試用方式，是商品就該收取對價。我不該將東西硬塞給別人，而是應該和對方好好商量……」

「我是這麼想的，但這樣或許也只是將想法強加在妳身上。所以最終判斷還是該由『會長』定奪。」

「『會長』……」

「還是要用現在流行的叫法，叫妳『老闆』呢？我覺得『會長』這個稱呼比較適合妳，但『老闆』聽起來比較年輕。」

「兩者都不要……」

那不知所措的聲音令伊凡諾笑了起來。

妲莉亞被他的笑容影響，終於放鬆緊繃的表情。

「妲莉亞小姐，妳是不是不想當商會長了？」

「我……」

聽見伊凡諾突然這麼問，妲莉亞愣了一下。

「不，現在能做的事比之前多，我覺得很開心。」

「如果撐不下去，也可以掛名請人代理。真的很痛苦的話請跟我說。比起商會長，魔導具師的工作更重要，沒必要為了商會搞到身心俱疲。」

「好，我若覺得撐不下去一定會跟你說。」

「有不懂的事請儘管發問。就算我不懂，還有嘉布列拉小姐能問，我們也可以去找專家。能幫的忙我盡量幫。犯了錯只要改了就好。我也有可能會犯錯，到時候請不要客氣，儘管責備我。」

語畢，伊凡諾在心中默默向妲莉亞的父親卡洛道歉。

就他看來，卡洛之所以如此教育妲莉亞，是想讓她站在一個安全的立場，寧可獲利較少也不要樹敵，甚至可以被同一陣營的人保護。

有父親和丈夫擋在她面前，和工作夥伴同行，不會過分展現才能，也不必承受風雨。卡洛期望的或許就是這樣安全而穩定的生活。

隨著商會逐漸壯大，這堵保護牆也會一點一點被破壞掉。妲莉亞獲得陽光的同時，也得接受風吹雨打。

不過，伊凡諾既不打算保護她，也不覺得自己有能力保護她。

他能做的只有在背後支持這個專業的魔導具師兼商會長。

剩下只能靠妲莉亞自己增加實力，變得更堅強。

但他還是希望妲莉亞盡可能別受傷，不知是因為他自己也有女兒，還是因為想起卡洛。

「呃，伊凡諾，你看起來好像很苦惱……」

妲莉亞為他擔心，有些猶豫地說完，他停止了無解的思緒。

「老實說我不太懂得怎麼告誡或責備別人……連在家裡罵小孩也需要一點勇氣。」

「真意外，我還以為你像『老師』一樣，很擅長教訓和教導別人呢。」

她不是在說客套話，而是真的這麼想，這讓伊凡諾有些不好意思。

「別這樣稱讚我，『老闆』。」

「伊凡諾先生，你確定要叫我『老闆』嗎？」

妲莉亞慌張了起來，又開始稱呼他「先生」，他忍不住笑了。

比起責備她、給她建議，伊凡諾更想與她一同歡笑——儘管如此，他還是做了決定。

若有必要，就算是再刺耳的事，自己都會好好告訴她，不斷提醒她。

他會優先考量羅塞堤商會、妲莉亞和沃爾弗，以對他們最好的方式行動。

就這樣讓商會成長茁壯，累積信用與黃金。

「羅塞堤商會有個梅卡丹堤」。

他期待自己有天能抬頭挺胸說出這句話，將捨棄的姓氏真正找回來。

第二次製作人工魔劍～爬行的魔劍～

「我感覺自己好像很久沒來了。」

「我也覺得，可能因為最近太忙了吧。」

妲莉亞和沃爾弗在綠塔的工作間，各自拿著工作服。

他們面前放著可拆卸的短劍及各種素材。

沃爾弗遠征歸來當天派了使者前來，和她約好隔天中午過後在綠塔相見。

才快一週不見，他們卻覺得好久沒見到對方。

明明一個月前還互不相識，真是不可思議。

「這次遠征怎麼樣？」

「收拾了一群鷹身女妖。牠們襲擊附近村莊的羊隻，還在討伐中擄走一個小孩，幸好最後任務順利完成。」

「那個小孩還好嗎？」

「還好，魔導師也用治癒魔法幫他治好了被女妖抓傷的部位。那小孩很活潑，說大人最近一直不讓他出去玩，才偷偷跑出去。他母親把他罵了一頓。」

「沒事就好。還好你也沒受傷。」

「呃，老實說……我害蘭道夫受傷了。」

「咦？」

沃爾弗欲言又止地說完，瞄了眼左手的天狼手環。

「我看見被女妖擄走的小孩快從空中掉落，趕緊請蘭道夫拿起大盾，讓我當作跳板跳到空中。雖然成功救到小孩，卻害蘭道夫手腕骨折……魔導師馬上用治癒魔法治好了他，但我也要反省自己沒控制好力道。」

「畢竟事態緊急嘛。」

「我還有件事要對妳說。有位來支援的魔導部隊上級問我是不是有『後發魔力』，我說是『動作輔助魔導具』，給他看了天狼手環，沒讓他碰。」

「那也沒辦法。」

若有人懷疑那是後發魔力，一測就會知道他沒有外部魔力。

所以他必定會被問起天狼手環的事。趁早說明那是輔助魔導具反而比較保險。

「抱歉我太輕率了。對方沒有問我是怎麼取得的，但若有人問起，我會說是家人給的。絕對不會給妳添麻煩。」

「別在意。就算被人知道，只要說明做法，並說只有無外部魔力的人才能用，對方就不會問下去了吧？我的魔力不足，很難做出同樣的東西。這手環的做法也沒那麼特殊……」

「能用的人少，的確就很難被廣泛運用。想在騎士團裡找到沒有外部魔力的人還比較難呢。但我好像很常害妳牽扯進麻煩，我會再小心一點。」

沃爾弗苦笑的說完，以熟練的動作開始拆解短劍。

他將拆下來的零件依序放在桌上。

「我不覺得自己有被牽連，反倒是你被我牽連吧？你當了商會保證人，還在魔物討伐部隊幫我推銷。」

「那我做得很開心，巴不得多做點呢——好了，全部拆完了。」

聊到一個段落，沃爾弗一下子就拆完短劍，愉快地玩著螺絲。

這次短劍分成劍刃、劍鍔、劍柄、劍鞘、螺絲五個部分。

「話說，吹風機用了火魔石和風魔石兩種魔法，卻不會互相牴觸，為什麼魔劍會呢？」

「吹風機用的不是賦予，而是魔石組成的魔導迴路。冷風扇和冰風扇也是如此。我們在組裝時會盡量讓迴路不互相碰到，對於不同魔石可以分別控制。現在做的魔劍則是在每個零件上進行賦予，劍鍔有水魔法的洗淨功能，劍刃也有隨時啟動的魔法……呃，簡單來說，就像不能對已經完成的吹風機進行硬質化賦予，是一樣的道理。」

「我終於明白，請妳做魔劍是個多麼不可能的要求了……」

「不，不是不可能，只是要找到可用的素材和對的用法，並畫出更細緻的迴路。畢竟世上確實有多重賦予的魔導具。」

她的知識、魔力量、技術想必都還不足。

要是父親還在就能教她了——她腦中突然浮現這個想法，趕緊拋開。

「拖了這麼久才進到第二回合呢，讓我們開始今天的魔劍試做吧。」

「今天要怎麼做？」

「上次用黑史萊姆做出了無法徒手拿的短劍，這次我想用用看具有土魔法的黃史萊姆。在做魔導具時，我們會用類似的素材進行包覆，例如用土魔法包覆金屬。我想魔劍或許也可以這麼做。」

「用土魔法包覆……可是黃史萊姆還是會讓金屬融化，只是要花點時間。」

「對，但它和黑史萊姆不同，磨成粉後就會喪失溶解力。我以前在學院做過實驗。」

妲莉亞說著便從架上拿出裝有黃史萊姆粉的盒子。

「不好意思，這粉末很細，請戴上口罩。如果吸進氣管會嗆到。另外也請戴上手套。」

「好。」

兩人各自戴上口罩和手套，小心打開盒子。妲莉亞將淡黃色粉末裝入杯中約至半滿，再將粉末和藥液一起倒進銀筒中。

「不好意思，沃爾弗，麻煩你幫我慢慢攪拌藥液。同時我會在旁邊為短劍賦予。呃，我想像上次一樣，劍刃賦予免磨，劍鍔用水魔法賦予洗淨功能，劍柄賦予速度強化，劍鞘賦予輕量化，螺絲賦予硬度強化。有沒有什麼要改的地方？」

「沒有，這樣就好。可以跟上次的成果做比較。」

「那我就開始嘍。」

妲莉亞拿起短劍零件，逐一賦予魔法。她在上次試做中抓到了感覺，因此這次動作很快。最久的是劍鞘輕量化，但所花的時間也只有上次的一半。

她還為螺絲進行了硬度強化，但螺絲太小了，她很難檢查究竟有沒有賦予成功。

沃爾弗那雙黃金色眼睛專注地盯著銀筒，用玻璃棒攪拌藥液。

藥液變成灰中帶黃的顏色，質感也變得濃稠。妲莉亞將賦予完的短劍零件泡入筒中，施予附著魔法。到目前為止幾乎和上次一致。

「可以組合了嗎？」

「麻煩你了。」

妲莉亞確定附著魔法完全包覆上去後，便將零件交給沃爾弗。

他將劍刃插進劍柄中，點了點頭。

「沒問題。沒有互斥，可以繼續組裝。」

她回了聲「太好了」，內心鬆了口氣。看來黃史萊姆也和黑史萊姆一樣，能夠阻斷個別的魔力，防止短劍四分五裂。

這樣魔劍的包覆劑又多了一種。

組好的短劍整體呈現帶點淡黃的灰色，某些角度看來就像加了金粉。

上一把短劍以黑色為主調，把手呈紅黑色，很有魔劍的感覺。

相較之下，這把短劍就算擺在武器店販售也不奇怪。

「真可惜……」

沃爾弗摸著短劍，鬱悶地說。

「怎麼了？」

「劍鍔不會出水，劍鞘也沒有變輕，魔力可能被完全阻斷了。」

「唉，魔力全被包在裡面，我們失敗了……」

看來黃史萊姆完全包覆住短劍上的賦予魔法使魔法失效了。這樣一來就算為短劍做了各種賦予也沒有意義。

「用黑史萊姆會腐蝕劍士的手，用黃史萊姆會完全包覆魔力……只能換用不同素材了吧。」

「還是該試一下獨角獸的角，我下次磨點粉試試看。不行的話就要找魔導師了。我也會再查查看，具有魔法防禦力的魔物素材有哪些。」

魔導師、鍊金術師和鐵匠用的賦予魔法大多不外傳。

妲莉亞只能從書本和父親的筆記中查詢魔物素材的相關資料。除了賦予魔法外，她也不太清楚哪些金屬可以用來鑄劍，更未實際做過。

再來就只能不斷嘗試了，還有很長一段路要走。

「現在想想，第一次的『魔王部下的短劍』太順利了。才第一次做就能組裝得起來，還能正常運作。」

沃爾弗不甘地放下短劍，瞄了架子一眼。

架上的銀色魔封盒中裝著上次那把短劍。若不小心碰到劍，手會被腐蝕，所以妲莉亞一直將劍裝在盒子裡。仔細想想，如果那把劍能供人觸碰，就會是一件成功的作品。

「我在想，上次的短劍只要能碰的話，在製作方法上應該就沒什麼問題吧？」

「就算製作方法上沒問題，它還是有危險。」

妲莉亞忍不住說完，沃爾弗立刻予以反駁。

她又沒有說要徒手拿劍。

「土魔法能對抗黑史萊姆對吧？你覺得黃史萊姆的藥液包得住那把短劍嗎？底下的金屬會融化嗎？還是黃史萊姆可以成功包覆在黑史萊姆外面，讓人得以持握短劍？」

思考這些事很快樂，但假設終究是假設。還是要實際試過才知道。

「用土魔法對付黑史萊姆確實有效……不過，妲莉亞，有人用黃史萊姆做過實驗嗎？」

「將黃史萊姆賦予在石頭或磚塊上，做成圍牆和地板會堅固些。可是相較之下，請魔導師賦予『硬質化』魔法還比較簡單、便宜。」

擁有土魔法的魔導師大多可以施展大範圍的硬質化魔法，魔力量令人稱羨。

上級魔導師的硬質化魔法更厲害。聽說連大型魔物都難以破壞的「難破之牆」只有他們做得出來。

「石頭或磚塊……你們在塔內試過了嗎？」

「你猜對了，沃爾弗。我父親在屋頂試過。他燒燬黑史萊姆後，為防止石頭地板變脆弱，就用了黃史萊姆。」

「這座塔該不會到處都有史萊姆的痕跡吧？」

「沒那麼誇張啦……」

仔細想想，她在做防水布實驗時，將大量史萊姆曬在各處。有些史萊姆還乾掉黏在牆壁或地板上，說不定真的有留下痕跡。

她有股衝動想在工作間的地板上尋找痕跡，趕緊逼自己忘了這回事。

「總之，我們就用黃史萊姆的藥液試試看吧？」

「……妲莉亞，妳真的很喜歡挑戰呢。」

「我很喜歡，但實際嘗試的機會並不多。我父親還有，呃，前未婚夫在的時候經常會阻止我。」

「考慮到安全問題，我是不是也該阻止妳？」

「你就老實說吧，你真的想阻止為了開發魔劍所做的挑戰嗎？」

「不，我反而想推妳一把。可是又不能讓妳冒風險……」

沃爾弗陷入兩難，妲莉亞拚命向他說明。

和其他史萊姆相比，黃史萊姆的溶解力較低。就算徒手拿取也不會馬上被腐蝕，不像黑史萊姆那樣一碰就受重傷。他們戴上防護手套，準備好確認安全用的肉塊，將回復藥水放在桌上，做好每一項降低風險的措施後，終於開始實驗。

上次試做完就放進銀色魔封盒的「魔王部下的短劍」，仍維持原樣躺在盒子裡。

還好黑史萊姆粉不會溶解金屬。

妲莉亞戴著比剛才更安全的手套，將短劍泡進黃史萊姆的藥液中。

藥液包住短劍，沒有噴濺起來，也沒有出現奇怪的反應。

不過妲莉亞施予附著魔法後，黃史萊姆藥液的顏色幾乎完全消失。

短劍從黑色變為深灰色，看起來像是一把用了很久的舊劍。

「黃史萊姆輸了嗎？」

沃爾弗的話令她苦笑。

他們只是塗了層新的藥液上去，並非讓史萊姆互相戰鬥。

不過這句話就某方面來說沒錯，黑史萊姆的效果的確比黃史萊姆強。

「我把肉放上去試試看。」

她像上次一樣將肉塊放到短劍上。

上次肉塊隨即溶化，這次等了三分鐘還沒有變化。她數度變換肉塊位置，肉塊都沒事。

「應該沒問題。」

「那我徒手拿拿看，這工作我可不會交給妳做。」

妲莉亞還來不及回話，沃爾弗就徒手抓起短劍。

「沒事嗎？」

「嗯，完全沒事。而且劍鞘很輕，也會出水，我們成功了！」

「雖然才做到一半，但至少知道這個方法可行！」

沃爾弗將劍放在桌子中央，高舉雙手歡呼。

「總之，好不容易摸索出製作魔劍的方法，要不要出去喝酒慶祝？」

「好啊！」

「妲莉亞有想去的店或想吃的東西嗎？」

兩人聊了一會兒餐廳和酒的話題，妲莉亞不經意望向短劍後，嚇得向後退。

「沃爾弗，如果我沒看錯……短劍好像動了？」

「我也有注意到。雖然只有一點點，但它真的動了。好像活起來一樣。」

「不，它不可能活起來。一定是魔力在互相對抗！」

桌上的短劍用比蝸牛還慢的速度，一點一點朝劍尖的方向前進。

黑史萊姆和黃史萊姆的魔力效果互斥，導致魔力往特定方向流動。這一定就是短劍移動的原因。

「它爬過來的感覺真的很像生物……呃，我想問個怪問題，靈魂有沒有可能不小心附在魔導具上呢？」

「我沒聽過這種事……不過，精靈、聖靈或英靈有可能附在武器或防具上對吧？」

「嗯，據說是這樣。」

「你之前說的無頭騎士（durahan），裡頭到底住著什麼？」

「……魂魄吧？呃，所以這麼說來，魔導具裡也可能有靈魂嘍……」

沃爾弗說完，妲莉亞瞬間背脊發涼。

靈魂有可能在製作過程中住進魔導具裡嗎？光想就覺得恐怖。

「這裡頭……該不會住著無頭騎士盔甲裡的東西吧？」

「應該不會。這裡是一座塔，如果真有東西進去，也會是妳家的……不，沒事。」

「我爸和其他祖先一定不會住進去的！」

若是父親的靈魂，至少比陌生人的靈魂好一些。

不，無論是誰的靈魂，妲莉亞都會極力避開。

她拚命整理混亂的腦袋，思考下一步。

「黃史萊姆可以用冷凍的方式剝除，我等等觀察完，就把劍和冰魔石一起放入箱子，剝除外層……」

她有點害怕，但還是要觀察並且做紀錄。

身旁有沃爾弗在，一下子應該不會怎樣。

晚上就喝點酒，開著魔導燈睡覺吧。

說到底，魔導具應該不會被怪東西附著才對。她也沒聽父親說過這種事。

所以不會發生。一定不會，絕對不會。

「我下次除了賦予用的劍外，也把自己的劍帶來防身好了。可以把劍寄放在這裡嗎？」

「可以。雖然不知道有沒有防身的必要……但我也多戴兩個手環好了。」

但就算做了準備，劍和手環上的魔法真的能抵禦幽靈嗎？幽靈會不會輕鬆穿過去？——

妲莉亞一邊說著又開始胡思亂想。

越是告訴自己別去想可怕的事，越容易想很多。

這種時候就該把想法說出來，一笑置之。

「要是我們賦予不成，反倒不小心做出有靈魂寄宿的魔劍，或催生出新型魔物，事情可就嚴重了。」

「有靈魂寄宿的魔劍就算了，若是新型魔物……真的很不妙呢，哈哈哈……如果它自己動起來，可能會被人稱作『爬行的魔劍』吧？」

「『爬行的魔劍』……沃爾弗，魔劍動起來的話，它的攻擊對象會是魔物嗎……？」

她和沃爾弗都在笑，但兩人都盯著短劍，不敢看對方。

原想一笑置之，想法卻往更不妙的方向發展。

「萬一催生出新型魔物，我們不只會被王都追殺，更會變成全人類的公敵吧？」

「對，然後我們其中一方就會當上『魔王』。」

「我要把這個稱號讓給你……」

「那妳就在我身邊當『魔女』好了……」

看著緩緩爬行的魔劍，兩人都感到心情沉重。

吞杯與星空

第二次試做人工魔劍，做出了「爬行的魔劍」。妲莉亞仔細確認後，將劍和冰魔石放進箱子裡。黃史萊姆藥液和水一同被冰凍，她再將其剝除。

妲莉亞戰戰兢兢地完成作業，那把劍又變回「魔王部下的短劍」。

她嘆了口氣，將不會動的短劍收回魔封盒，又找出一塊金屬板壓在上面。

「妲莉亞，我們還是去喝酒吧？」

「好啊，走吧。」

她立刻答應沃爾弗的提議。

他們在試做中取得暫時性的成功，說好要去喝酒慶祝。

沒想到最後不但做出無法發揮功用的短劍，還做出爬行魔劍，簡直是雙重失敗。

還是外出轉換一下心情比較好。幸好現在才快到午茶時間。

「對了，要不要去南區買東酒用的杯子？買完再去吃飯，時間應該剛剛好。」

在沃爾弗提議下，他們終於實行延宕已久的採購東酒杯計畫。

王都南區有座港口。那裡除了國內商品外，還有各種舶來品店，也有很多販售玻璃器皿和陶器的商店，想必能找到適合東酒的酒杯。

「喝東酒應該要用小玻璃杯吧？」

「對，陶器也很適合。」

他們邊聊邊換了兩次公共馬車，前往南區的商店街。

今天也很熱。綠塔工作間開著冷風扇，但外面豔陽高照，沒什麼風。

沃爾弗隔著妖精結晶眼鏡，抬頭望向太陽。

「怎麼了？」

「今年感覺會很熱，我在心裡祈禱遠征次數不要太多。」

氣溫過高的話，遠征的確會很辛苦。戰鬥自不用說，行軍也很累，連晚上都很難入睡。

「你們遠征時是在帳篷裡裹著睡袋睡覺嗎？」

妲莉亞突然想到這個問題，開口發問。

「的確會睡在帳篷裡，但夏天就直接睡或蓋條薄毯。」

「不會冷嗎？」

「冷的時候會蓋厚毛毯，或用『可穿式睡袋』。手可以自由活動，腳的部分也是開放式的。以前遇到緊急狀況要割開睡袋行動，但這樣太浪費了，委託業者改良後，逐漸演變成現在的形式。」

從「睡袋」改為「可穿式睡袋」似乎是種必要的進化。

躺在睡袋裡動不了時，若有魔物襲擊確實很不妙。

「前輩們說現在的遠征比以前輕鬆多了，既有可穿式睡袋又有防水布，馬匹的數量也增加了。不過伙食還是跟以前一樣。」

「希望小型魔導爐能幫到你們。我想做出比現在更小、更輕的爐子，還在試驗中。」

費爾莫送的設計書很有參考價值。

她現在正在做各種嘗試，像是改變材質、將爐子從方形改為圓形，或是減少弧度並降低高度。

「比現在輕是多輕？」

「理想上是一個裝酒的皮袋那麼重。雖然魔石效率會降低，但我想把爐架拿掉，讓鍋子直接接觸爐面。」

「若跟一個酒袋一樣重的話，每個人都能帶一個。對了，妳不必擔心會消耗火魔石。如果火魔石真的用完，還可以請會火魔法的人補充。擅長火魔法的人進到森林就不太能發揮，他們都說會剩很多魔力。」

「這樣啊。那我就把魔石效率降到最低，朝減輕重量的方向努力。」

他們邊聊邊從馬車停靠處走向商店街的入口。

愈接近商店街愈熱鬧，愈能感受到人們散發出的熱氣。還能隱約聞到海的氣息。叫賣聲、顧客和店員的交涉聲、行人的交談聲混雜在一起，聽起來彷彿音樂那般。

一進商店街，放眼望去道路左右全是商店。中間那條路滿滿都是人。

人群中看不到為了保護對方而輕扶彼此的情侶，幾乎都是牽著手或挽著手。

不過，貴族原則上只有和近親或親密愛人在一起時，才會不戴手套牽手或挽手。

因此沃爾弗很難向妲莉亞提議要挽著手走路。

「……妲莉亞，走出人群前，妳就抓著我的袖子吧？」

他想來想去，最後選了「抓袖子」。

還好他今天穿的是長袖，把袖子放下來就能變成「把手」，給妲莉亞抓。

「那就借我抓一下……這樣顯得我好像小孩。」

妲莉亞有些為難地說完，沃爾弗不禁想像她年幼時的模樣，趕緊忍住笑意。

「這樣至少比迷路好，忍耐一下。」

「好，我會小心不要走散。」

妲莉亞一走進人群就注意到一件事。

其實以沃爾弗的身高，就算進到人群也能看出他在哪裡。只要跟在他後面就不會走散。

但事到如今她也不好意思說出口。她有點擔心沃爾弗的袖子會不會被自己拉長。

「哦？這不是妲莉亞嗎？」

一個沙色頭髮的壯碩男人停在他們面前。

「馬切拉，午安。」

「午安。呃，這位是？」

「他是我之前說的朋友，也是商會保證人，沃爾弗。」

為了不擋到其他人，三人移到路旁繼續聊。

「我和妻子都是妲莉亞的朋友，我叫馬切拉・努沃拉里，是運送公會員，同樣也是商會保證人。請多指教。」

馬切拉用不同於平時的口吻和風格，低頭自我介紹。

妲莉亞第一次見到馬切拉與貴族對話，他的應對非常自然，可能因為運送公會的工作需要經常進出貴族宅邸，所以已經習慣了。妲莉亞覺得有點新鮮。

「我是魔物討伐部隊員，沃爾弗雷德．斯卡法洛特。請多指教。」

沃爾弗用的是商業對話的模式。

畢竟是初次見面，雙方都有些緊張。

「我上次問你要不要跟我朋友一起喝酒，那位朋友就是馬切拉。」

「原來是這樣。」

沃爾弗先放鬆下來。他以俊俏的笑容對馬切拉說：

「我雖然出生在貴族之家，但現在住在軍營，比較像平民。我們都是商會關係人，可以自在地跟我說話沒關係。」

「等大家有空，就一起喝酒吧？」

「我是沒問題……但我和伊爾瑪都不懂禮節，可能會做出失禮的事。」

「我不在意。畢竟上次妲莉亞端出『綠塔限定的酒蒸蛤蜊』時，我還直接從鍋子裡夾出來吃，吃得很開心呢。」

「咦？所以當時的客人就是……」

「感謝招待。那些蛤蜊真的很好吃……」

見到沃爾弗回味無窮的模樣，馬切拉忍不住笑出來。

「這樣啊，那就沒問題啦。下次看到好的蛤蜊，我會買兩倍的量帶去綠塔。」

「那我就帶好酒去綠塔吧。」

「兩位等一下，我家可不是用來集合的地方。」

沃爾弗和馬切拉聞言都笑了起來。

他們似乎很聊得來，妲莉亞內心鬆了口氣。

「馬切拉是來買東西的嗎？」

「同事新婚，我代表大家來買賀禮。我猜拳贏了，所以成了『幸運的搬運者』。」

馬切拉已經買完，右手提著一個大大的白色木箱。用來捆木箱的繩子被拉得直直的，感覺就很重。

「猜拳贏了就得負責去買結婚賀禮嗎？」

「就某方面來說是這樣沒錯……中籤或猜拳贏的人運氣很好，所以被稱為『幸運的搬運者』，負責採買賀禮送到新人家中，討個吉利。」

「原來如此，我從來沒聽過。」

看來這種慶祝方式只有平民才有，貴族沒有。

妲莉亞對此習以為常，從未意識到這是平民獨有的習慣。

「馬切拉，你們買什麼送新人？」

「他們想要餐具，我便買了盤子、湯盤、杯子……共一整套。現在正要送去新人家。」

「運送公會的馬切拉當了『幸運的搬運者』，感覺會為新人帶來很多福氣呢。」

「很棒吧？馬車快來了，先走嘍。期待不久的將來能和你們喝酒。」

「我也很期待。」

馬切拉和沃爾弗笑著道別，態度自然到不像第一次見面。

◆◆◆◆◆◆

「現在就連初等學院的學生都會牽手了……」

馬切拉和妲莉亞他們道別後，邊走邊笑。

他們倆都二十多歲了，在馬切拉看來卻像十幾歲剛交往的小情侶。

妲莉亞抓著男子的袖子。光是這麼簡單的動作，她都有點遲疑，力道放得很輕，彷彿動作稍微大一點她的手就會鬆掉。

男子配合妲莉亞的步調，走在她前方以防人潮推擠。視線總是盯著她面前的道路，生怕她被人撞到。就連馬切拉向他們搭話時，男子首先做的也是確認安全。

男子小心保護妲莉亞的樣子令人發笑，但馬切拉沒有嘲弄他的意思。

馬切拉想起剛和伊爾瑪交往時的自己，有些害臊。

「奇怪……？」

他突然發現一件事。

他以前常常見到托比亞斯和妲莉亞走在一起，卻想不起他們牽手的樣子。

他們訂婚時間長達兩年。自己照理說應該看過他們牽手，可是不論怎麼搜尋記憶就是想不起來。

他腦中只浮現妲莉亞照顧酒醉的托比亞斯，還有托比亞斯上衣釦子掉了，妲莉亞當場幫他縫起來，這種照顧家人般的神情。

反之亦然。在他記憶中，托比亞斯不曾用熱切眼神看過妲莉亞，也不曾對她說過熱情的話語。

不過，托比亞斯不會讓妲莉亞抬重物，還會偷偷修理她家損壞的樓梯和地板，也不會讓她去見訂購魔導具時提出奇怪要求的客人。

馬切拉和托比亞斯單獨喝酒時也是如此。

托比亞斯從不曾曬恩愛，只會說妲莉亞在進行危險的試作或實驗，自己很擔心，或者她被史萊姆黏住令人捏把冷汗，又或是男性客戶送她回家，托比亞斯和卡洛一同為她感到擔心──馬切拉聽了這些，還曾忍不住吐嘈：「你是妲莉亞的哥哥嗎！」

托比亞斯和妲莉亞確實曾以未婚夫妻的身分在一起，但那也只是比兄妹進一步而已。他們之間沒有戀愛的熱情與盲目，只是想成為彼此的家人。

其實他們結婚前，馬切拉也在猜拳中勝出，當上「幸運的搬運者」。

馬切拉還沒問他們想要什麼，他們就分手了，這或許就某方面來說是最幸運的事。

「……他看起來人還不錯。」

馬切拉回想站在妲莉亞身邊的高挑黑髮男子。

他有著沉穩的面容，柔和且響亮的嗓音。隔著淺藍色眼鏡也能看出他眼中對妲莉亞的熱情。

老實說馬切拉不喜歡貴族，也不習慣和貴族相處。但他希望剛才那名男子和其他貴族不同。

妲莉亞被悔婚才過一個月，馬切拉不想見到她再受傷。

他很想為朋友測試一下，和這個人在一起走的會不會是條險路。

「下次喝酒時，來試探看看好了……」

幸運的搬運者小心扛著木箱，搭上馬車。

妲莉亞和沃爾弗逛著販售玻璃製品或陶器的店，持續往前走。

每間店都有很多漂亮的器皿，但還是沒找到適合的。

他們要找比豬口大的東酒用吞杯。（註：豬口和吞杯都是日本酒的酒杯，吞杯容量較多）

即使看到漂亮的容器，拿起來還是會覺得觸感不對而猶豫不決。

商店街很長，但越往前走人越少。除了商店外，多了些像倉庫或事務所的建築。他們沒多久就走完整條商店街，來到通往港口的道路。

「這間好像是酒器專賣店。」

他們停在一間兩旁都是倉庫的陳舊木造小店前。

外牆的黑色招牌上，只有斑駁的「酒器」兩個白字。入口拉門全開，然而既沒有掛攬客的布條，也未擺展示用商品，也沒看到店員。

「店家好像在最裡面，我們進去看看吧。」

妲莉亞跟著沃爾弗穿過昏暗的走廊，來到光線柔和的店內。

窗前掛著白色薄布，適度遮蔽了夏日豔陽。

風緩緩吹過，狹小的店內意外涼爽。店內某處可能放著冰魔石，搭配冷風扇一起使用。

儘管數量不算多，牆邊的黑色架子上仍有德利、呑杯、豬口等酒器。（註：德利為日本酒的酒壺）

「歡迎光臨。」

裡頭的木地板房有個老人盤腿坐在地毯上，應該是這間店的老闆。他穿著寬鬆的深藍長袍，在本國非常少見。

從那全白的頭髮和鬍子看來，他年紀應該很大了。細細的黑眸看起來像是沒睡飽。

「你好。」

「我們只有賣東酒的酒器，不買也沒關係，慢慢逛。」

兩人有些遲疑地向他打招呼，他不慌不忙地說完，用那張滿布皺紋的臉對他們露出笑容。講話帶有一點點口音。

「有中意的酒器就拿起來看看，不然沒辦法知道合不合手感。」

老闆沒有起身，接著道。

「我們會的。」

沃爾弗回答。

他向老闆微微點頭後走向架子，妲莉亞跟在他身後。

架上大多是外型易於使用的酒器，沒有華麗或奇特之物。妲莉亞試著拿起幾個喜歡的酒器看了看，每個手感都很好。

最近天氣太熱，她不禁被玻璃容器吸引。

她最喜歡的是透明玻璃上點綴著幾條紅線的呑杯，還有同款深藍色線條的呑杯。拿起來相當厚實，指腹的觸感也很好。

身旁的沃爾弗也拿起呑杯確認手感。

「這個好漂亮，拿起來也很舒服。」

「我也喜歡，就選這個吧。要買德利嗎？」

「我想想，我們喝的量很多，可能要買大一點的德利。」

「如果喝的量多，我也推薦用『片口』。」

老闆不知何時走到了沃爾弗斜後方。

「片口？」

「對，酒裝在片口裡會散發香氣。如果喝酒速度快，與其用瓶子，不如用片口喝起來比較愉快。」

老闆指著一個類似玻璃杯的稍大容器說。

和玻璃杯不同的是，容器邊緣有個方便傾倒的注水口，持握部分呈現微妙的弧形。

有點厚度的玻璃上零星點綴著不透明的線條，形成美麗的圖案。

容量頗大，應該可以裝入一杯半茶杯的量。

沃爾弗喝酒速度很快。用德利也行，但也能用片口讓酒香擴散，再倒進吞杯裡飲用。

喝酒並沒有固定的方法，其實直接從酒瓶倒入吞杯，或將酒裝在大一點的茶杯裡也行。

不過眼前這只片口外型很美，很有韻味。

還好三樣酒器加起來比他們的預算還要便宜。

妲莉亞正想請老闆結帳時，沃爾弗受吸引似的走到架子邊緣。

「原來東酒也有金屬的酒器。」

「這應該是錫吧？」

架子最旁邊放著柔和而別具風味的銀色容器。

圓圓的小呑杯在墨色的布墊上有如銀色的月亮。

「銀製的杯子不少見，錫杯就滿特別的。」

「聽說將酒裝在錫器裡味道會變溫潤，但我也沒用過。」

妲莉亞今世第一次見到錫製的呑杯。

她前世的父母晚酌時會用。

她還記得父親通常是喝日本酒或威士忌，不太會喝酒的母親則是喝稀釋過的梅酒。

「錫器也很適合燗酒喔。」

「燗？」

「將東酒加熱，依溫度稱為熱燗或溫燗。」

「哦？這位小姐感覺更會喝呢。錫器可以隔水加熱。現在這個時節，也可以在錫器底下鋪冰塊，冷卻後做成冷酒。以這個國家的酒來說，白蘭地也很適合。」

老闆娓娓說明，不時揮動有著深深皺紋的手。

「不過錫器很柔軟，受到擠壓會變形。而且加熱時也不能過熱，不能用冷凍的方式降溫，這樣錫器會變形。和對待戀人一樣，要細心溫柔。」

「……聽起來真困難。」

「所以才好喝啊。你們等等。」

老人走向裡頭的門，不一會兒後拿著玻璃德利回來。

他要兩人拿著錫製吞杯，再將透明的酒緩緩倒入他們杯中。

玻璃德利傳來咕嘟咕嘟的倒酒聲，妲莉亞聽了十分懷念。

「謝謝……這種東酒是透明的呢。」

「這是東之國的『清酒』。這種酒的溫度控管很困難，今年終於飄洋過海正式進口。目前市面上還很少，但這是我祖國的酒，所以想宣傳一下。」

老闆原來是東之國人。

東酒獨特的香氣飄來，酒的涼意也沿著吞杯傳至指尖。

「先喝一口，再等一下。」

「喝了再等一下？」

「對，等酒醒。就像東之國的男性在女性買東西、換衣服、化妝時，也會在一旁默默等待。」

聽見老闆一本正經地說完，沃爾弗不禁苦笑。

兩人照他說的，先含一口酒，細細品味後再吞下。

辛辣而強烈的味道直接衝擊舌頭。吞下以後瞬間有種苦味，通過喉嚨時的灼熱感也很明顯。

這樣雖然也很好喝，不過不會喝酒的人喝了可能會嗆到。是一款很烈的酒。

「我覺得這樣就很好喝了……」

沃爾弗喜歡辛辣的酒，因而有些困惑地說。

「是嗎？但再放一下，味道會不一樣喔。啊，不能讓女孩乾等。小姐，這個請妳吃。」

「謝謝，這是糖果嗎？」

「這是砂糖凝固而成的糖果。對我來說太甜了，但我內人很喜歡，總會買一些放在家裡。小哥要不要也吃吃看？」

「沒關係，我不太愛吃甜的。」

沃爾弗看見那有許多稜角的白色糖果，就能想像它的味道。

妲莉亞將看起來就很甜的糖果放入口中。

那種糖果雖說清一色是白色，稜角也沒那麼多，但味道和口感幾乎和前世的「金平糖」無異。喝過辛辣的酒後，糖果顯得更甜、更好吃。

在她品嚐糖果的同時，沃爾弗向老闆發問。

「這裡的酒器全是東之國來的嗎？」

「是的，不過我是基於興趣經營這間店，沒有進太精美的東西。對了，我倒是有一樣寶貝。」

老闆打開貨架最下面的抽屜，拿出一個墨色布包。裡頭是一只外黑內紅的小酒杯。

「這是用東之國的櫻花樹做的，外側塗著黑漆，內側塗了火狐的血。」

「火狐？」

妲莉亞以前在書上看過。那是東之國特有的罕見魔物，擁有火魔法。

老闆用指頭輕輕滑過杯口，酒杯便冒出看似熱氣的魔力。

「只要用了這個杯子，就算隨便裝點水來喝，也不會拉肚子。不過這個國家的水很乾淨，我幾乎不曾用過。」

聽起來應該是淨化水質的魔導具。奧迪涅有水魔石，這種魔導具派不太上用場。

「這是東之國常用的魔導具嗎？」

「不，東之國和這裡不同，魔導具又少又貴。這樣一個杯子就要一匹馬的價錢。」

妲莉亞沒想到這麼貴，嚇了一跳。

一匹馬的錢可以買成堆的水魔石，就連淨水或消毒的魔導具也沒這麼貴。

「東之國的人通常都怎麼對付火狐呢？」

「和其他強大的妖怪一樣——啊，這裡不叫妖怪，叫魔物對吧？和討伐魔物時一樣，由刀隊和長槍隊去討伐。」

「刀隊和長槍隊相當於我們國家的魔物討伐部隊嗎？」

「不，那不是由國家管理的部隊，有點像你們國家的冒險者。擁有武器且對自己的武藝有自信的人會為了名利主動去打倒妖怪。」

或許是國情不同，東之國對付魔物的方式和奧迪涅很不一樣。

「好——差不多了，你們喝喝看。」

妲莉亞和沃爾弗在老闆催促下，拿起冒著水珠的錫製吞杯。

嘴唇一碰到銀色容器，就能感覺到容器本身又比剛剛再冷一些。

辛辣的味道沒變，但在口中擴散的感覺不同了。口感圓潤了些，通過喉嚨時沒有苦味，反而留下一股清爽滋味。

尾韻也不像剛才那麼烈。喝完後口中滿是酒的清香。

「說甜也不甜，應該說變得溫潤了吧。」

「彷彿稜角被磨平了……總覺得同樣的酒，這樣比較好喝。」

沃爾弗勾起嘴角，盯著銀色的吞杯。他似乎很喜歡。

「錫器可以讓酒味變柔和。小哥既然覺得這樣比較好喝，就代表錫器還滿適合你的。」

不過這款錫器有點貴。

價格快要等於剛才那兩個玻璃吞杯和片口加起來的兩倍。

「你買兩個錫杯，我可以幫你打七折。小哥要不要奢侈一下，買錫杯回去和妹妹在秋天喝熱酒呢？」

「就奢侈一下吧。」

「沃爾弗！」

聽見沃爾弗不假思索地回答，妲莉亞忍不住叫了他的名字。

「哎呀，真抱歉，原來你們是夫妻嗎？」

「不！我們不是夫妻。」

「抱歉又搞錯了。上了年紀經常搞錯事情，真糟糕。不過兩個人相處久了會越來越像，無論是朋友、情人或夫妻都是這樣……」

老人眯眼微笑，將德利中剩下的酒平分倒進兩人的吞杯中。

「兩位挺相似的呢。」

離開酒器店時，太陽已開始西沉。

最後妲莉亞買了玻璃吞杯和片口，沃爾弗買了錫器。

他們擔心酒器會在馬車上或人群中被撞壞，便請老闆送到綠塔。明天傍晚就能送到，兩人都很期待能用新酒器喝酒。

「晚餐就在港口附近吃可以嗎？這裡有間店我們部隊的人偶爾會來。」

「麻煩你帶路了。我不常來港口這邊……」

「趁現在人還不多，趕快去吧。」

時間接近傍晚，很多人結束一天的工作都會出來吃飯。最好還是在人變多前進到店內。

他們用比來時更快的腳步走在通往港口的路上。

港邊的鬧街已經點起了燈。

路邊是一間間磚造的餐廳和酒館，路上滿是往來的行人。

攬客店員穿著華服，行人身穿異國長袍或有花紋的衣服，構成一幅絢麗多彩的光景。

風中淡淡的海潮氣息被酒味、肉類油脂味、烤海鮮的味道蓋過。

「就是這裡，店名有點怪就是了。」

沃爾弗停下腳步，面前是棟黑磚黑屋頂的店家，連在這樣一條街上也顯得別具特色。

黑色外牆上大大寫著「黑鍋」兩個白字，引人注目。

「總覺得這間店本身就像個黑色鍋子。」

「對啊，據說他們的目標是讓客人幸福到融化。不過我覺得融化的是客人的荷包。」

進到店內，裡頭比入口處看起來還寬敞，擺著許多圓桌。

右側是吧檯，左側是通往二樓的樓梯。

店內座位約有一半已坐滿，穿著黑圍裙的店員快步穿梭在桌間。

有些客人已喝得酒酣耳熱，二樓傳來熱鬧的聲響。

沃爾弗直接走向吧檯，向拿著酒瓶的男人搭話。

「晚安，好久不見。」

「歡迎光臨……咦，你是沃爾弗吧？」

「對。裡面的包廂空著嗎？」

他稍微摘下妖精結晶眼鏡，向男人展示黃金色雙眸。

男人認出是沃爾弗後，將酒瓶擺在一邊笑了。

「這眼鏡真不錯。等一下還有人要來嗎？」

「沒有，就我們兩個。」

「請到裡面右手邊第二間包廂。要點酒嗎？」

「杯裝的白酒和紅酒，其他的待會兒再點。」

「好，我端酒過去，你們先看菜單。」

他們接過菜單，不靠店員帶領，逕自穿過吧檯旁的走廊。

推開只有上半部的白門，裡頭有一張淺色木桌和四張椅子。

「剛才那位是副店長，也是我在隊上的同期。他去年結婚，從部隊引退了。」

「引退？」

妲莉亞頭一次聽說有人因結婚而從魔物討伐部隊引退。

她還以為騎士可以一直當到老。

「他太太家經營這間店，建議他們若要結婚，乾脆連店也一起繼承。我們部隊雖然很受平民歡迎，但在王城內不是個理想的就職選擇。」

「因為討伐很危險嗎？」

妲莉亞在沃爾弗斜對面坐下，如此問道。

「這也是一點，另一個重要因素是『遠征』。每次遠征天數並不固定，還必須不定期離家，所以有些人結婚後會自請調職或離職。魔物討伐部隊號稱『五年減少四成的人』。新人進來一年就有兩成離開，五年又有兩成離開。」

「隊員真是辛苦。」

「不過這世上應該沒有不辛苦的工作。這麼說對妳有點失禮，但我原以為魔導具師只需從容地完成魔法賦予，就能做出魔導具。沒想到這工作有時這麼危險，會讓人筋疲力盡，或被彈飛而受傷。」

她好像讓沃爾弗對魔導具師留下了錯誤的印象。

「不，一般不太會像我這樣……不過魔力用盡倒很常見……」

妲莉亞接過菜單，含糊地辯解。

「對了，魔導具師可以做到幾歲？」

「魔導具師不須引退，一般都做到不能動為止。年紀大了可以收徒弟，將體力工作交給他們。」

「我有點羨慕你們。魔物討伐部隊雖然薪水還不錯，可是再怎麼努力也只能做到五十歲前。」

「趁年輕時多存點錢，享受悠閒自在的老年生活也不錯。」

「悠閒自在的老年生活……」妲莉亞對老年有什麼規劃？」

「這個嘛……我想在白髮蒼蒼時收個魔導具師徒弟。不過在這之前，我得先成為獨當一面的魔導具師才行。」

她之前向伊爾瑪分享過這個想法。

可能的話，她想將父親傳授的技術、自己學到的技術傳承下去。最好的方式就是收魔導具師徒弟。

「妳沒打算讓子女或親戚繼承嗎？」

「我不打算結婚，所以不會生小孩，也沒有親近的親戚……最好是將徒弟收為養子，讓徒弟繼承羅塞堤這個姓。」

妲莉亞話才說完，門外便傳來敲門聲，剛才那位副店長走了進來。

「沃爾弗點的是白酒，你妹妹是紅酒對吧？」

「對，不過她不是我妹妹。」

沃爾弗這個回應有點怪，但副店長不以為意地在他面前擺放白酒，在妲莉亞面前擺放紅酒。

「決定好要吃什麼了嗎？現在有期間限定的『紅牛（crimson cattle）』牛排和牛尾湯，要試試看嗎？」

「啊，紅起司的……」

「牛的魔物……」

妲莉亞第一次和沃爾弗出去吃飯時，聊過這種牛的魔物。他們也吃了紅牛的紅起司，但沒想到紅牛肉也已經出現在市面上了。

「我要點這個套餐。妲莉亞也要嗎？」

「嗯，我也要。」

「紅牛適合搭配什麼酒？」

「淡的碳酸威士忌、蘋果酒，葡萄酒的話適合半乾型紅酒。」

「我要碳酸威士忌。妲莉亞呢？」

「蘋果酒。」

既然有得選擇，她就點了不同的酒品。

後來他們又點了幾道菜，副店長便匆匆離去。

「妲莉亞像妹妹嗎……一天被講兩次，真有點不可思議。」

「沃爾弗像我哥哥……」

可能因為沃爾弗的眼鏡帶有她父親的形象，才會讓人覺得他們是兄妹。

是妖精結晶眼鏡讓他們看起來相像，他們原本長得一點都不像。不過常常在一起共度愉快的時光，氣質也會變得相似。

她想起酒器店老闆的話，不禁這麼想。

「我在各方面都受妳照顧，所以應該反過來才對吧？」

「意思是我是姊姊嗎？我年紀比你小呢。」

「但妳的心智年齡比我大。」

妲莉亞想起前世的事，內心一驚。

她活過的時間加總起來超過四十年，的確比沃爾弗大。

「呃，我不是說妳很老成，而是說我自己的心智年齡大概不到二十歲。」

「我懂了，那你就別喝酒了，喝果汁吧，超甜的那種。」

「饒了我吧。」

他們乾杯祝福彼此明日起一切順利後，喝著酒接續剛才的話題。

「妳會想要兄弟姊妹嗎？」

「會，我是獨生女，所以從小就希望有手足陪伴。有了兄弟姊妹能一起做很多事啊，好比一起做魔導具、吃飯、聊整晚的天，偶爾吵吵架……」

「除了吵架以外，我好像都陪妳做過了耶。」

「對啊，如果我小時候有個像你一樣的哥哥，應該會很開心吧。」

和小沃爾弗在工作間玩耍，一起吃飯，一起搗蛋，一起被爸爸罵。

妲莉亞想像了一下，不禁露出微笑。

他們若是兄妹，在一起就不必擔心別人閒言閒語，也不必在意彼此的性別和身分。

即使他們希望一直當朋友，還是要面對貴族與平民的身分差距，以及各自的工作。或許有天他們會因為某種理由，難以繼續在一起。

而且如果有一天她不小心愛上沃爾弗，他們的關係也會到此為止。

沃爾弗可能會認為妲莉亞和他至今見過的女性沒兩樣，感到受傷而和她拉開距離。

這是妲莉亞最想避免的事。

「如果有個像妲莉亞一樣的妹妹……童年應該會過得很開心。」

妲莉亞不自覺地陷入沉思，這時沃爾弗輕笑完後開口道。

「玩耍、吵鬧、偶爾念點書，從小就大膽製作魔導具和魔劍的兄妹。」

沃爾弗一口氣說完，與妲莉亞四目相對想了想，一同露出苦笑。

原本想做吹風機卻做出火焰噴射器，稍微提升風扇的風力便將房間內的東西攪得一團亂，腐蝕手指的黑史萊姆，至今做出的魔劍——她腦中浮現的畫面都太危險了。

「連我自己都覺得危險。」

「嗯，當我們的家長應該很累吧。」

兄妹話題就此告一段落。

「久等了，這是紅牛排。顏色有點紅，但請放心都有煎熟。牛尾湯可以按照喜好搭配生薑食用。」

副店長用推車將餐點全部送來，笑著說道。他迅速將餐點端上桌後，在最旁邊放了兩個小盤子。

「這是招待的。沃爾弗的是黑胡椒餅乾，小姐的是紅牛起司蛋糕。」

「謝謝，我們會拿來當飯後點心。」

「謝謝您，我第一次見到粉紅色的起司蛋糕，好可愛。」

「您喜歡就好。等紅牛產量變多，我打算將這道甜點寫進菜單。那麼請好好享受『黑鍋』的時光。」

他們目送副店長鞠躬離去，拿起放了一片檸檬的碳酸威士忌，以及點綴著蘋果薄片的蘋果酒，和對方乾杯。

妲莉亞傾斜杯身，氣泡聲變得強了些，還能聞到淡淡的蘋果香。

她喝了一口，意外地不怎麼甜，碳酸刺激著舌尖，蘋果香氣隨後才慢慢浮現。感覺是乾型的蘋果酒。

「煎過之後真的還很紅呢，可能是肉本身的顏色吧。」

沃爾弗已將紅牛排切開。

它的外觀比一般牛肉紅得多，不過剖面的外圍和中間顏色不太一樣，可以看出有煎熟。

「紅牛會用火魔法嗎？」

「不，牠們只會身體強化。但聽說一旦進到紅牛的地盤，牠們會全力衝撞過來，危險得要命。」

牛用身體強化全力衝來，簡直和被車撞一樣危險。養牛的人也很賣命。

「人們是怎麼抓到紅牛的？」

「聽說是在草原上撒安眠藥，抓到之後關在安全的地方，給牠們好吃的飼料，經過好幾代終於變成家畜。儘管如此，還是很難飼養。」

明明有牛了，卻還馴養紅牛，可以感覺得出鄰國為何有「畜牧之國」的美稱。

附帶一提，奧迪涅王國則常被稱為「魔石之國」。因為奧迪涅的魔石出口量特別高。

之所以不叫「魔法之國」，可能是因為各國都以自己的魔法為傲，對魔法有自己的想法。

「我要開動了……」

妲莉亞喃喃說完，用叉子叉起紅肉送入口中。

肉色太紅，她一開始還沒看出來，吃了以後才知道這應該是肉質恰到好處的霜降肉。既軟又有彈性，每嚼一下就溢出滿滿的肉汁。

味道接近沙朗牛，但更帶有一股雞肉的清爽感。

紅牛肉似乎意外地養生。

妲莉亞吃了兩口原味牛排後，淋上紅牛起司做成的醬汁。起司醬和肉一樣呈現紅色。她先喝一口蘋果酒，再吃沾有起司醬的肉，味道相當濃郁。

同為紅牛製品，加在一起很搭。沾著大量起司醬的紅牛肉非常好吃。

腦中瞬間閃過熱量問題，不過她決定先不想這件事。

「紅牛排和起司醬很搭呢。我想再來一片，妳呢？」

「我不用，這個大小已經很夠了。你點吧。」

不知是不是店家招待，他們的紅牛排比普通牛排大上一圈，妲莉亞吃不下兩片。而且桌上還有烤蔬菜和水果切片。

「妳食量真小。」

「不，我的食量和酒量都比一般女生大。」

和沃爾弗吃飯喝酒時，她都沒在客氣。如果這樣也叫食量小，其他女生該怎麼辦？

沃爾弗加點完紅牛排後，兩人一同品嚐起牛尾湯。

牛尾湯的外觀很容易讓人敬而遠之，不過這碗牛尾湯已去骨，肉塊沉在湯底。湯頭鹹香且富含油脂，和加在湯裡的香料很搭調。

這碗湯好喝到讓她想拿起湯盤一口氣喝光。可能是受前世經驗影響，她覺得這湯頭也很適合加在麵裡。

「紅牛尾感覺也能做成紅酒燉肉……」

「嗯，應該很適合。」

紅牛尾味道這麼濃郁，就算用甜紅酒燉過，應該也不會變味。等哪天平民市場也能買到紅牛肉，她很想買來做做看。

「妲莉亞，妳有去過魔物料理專賣店嗎？」

「沒有，我只吃過一般市面上的魔物料理。」

「如果妳不排斥吃魔物，之後要不要一起去？我上次有吃到烤的蛇尾雞(basilisk)，還有克拉肯(kraken)做的慕斯。」

「我不排斥，一起去吧。蛇尾雞好吃嗎？」

在前世的奇幻故事中，雞蛇(cockatrice)和蛇尾雞有著類似的形象。

不過今世的蛇尾雞擁有大黑蛇般的身體，還有四條長著尖銳雞爪的粗腿。這種魔物含有劇毒。妲莉亞有點好奇牠嚐起來怎麼樣。

「肉質偏硬，但味道像雞肉，很好吃。克拉肯慕斯就……味道很特別……」

克拉肯慕斯似乎不怎麼好吃。沃爾弗深深蹙眉，但很有風度地未說出「難吃」二字。克拉肯應該用烤的就很好吃了。做成甜點的克拉肯可能有加糖吧。妲莉亞也很好奇那是什麼味道。

他們悠閒地吃著飯，聊著魔物和魔導具的話題。

妲莉亞雖然在學院學過，也在魔物辭典上讀過魔物的事，但和實際的魔物又不太一樣。尤其魔物有各式各樣的「變種」，書本上舉的例子僅是冰山一角。實際上有很多有趣的故事。

變種魔物的特性和使用的魔法常和原來的魔物有所差異。說不定拿來當魔導具素材會有不同的效果。

變種魔物素材中較為稀有、昂貴者也會由魔物討伐部隊來採集。

不過這些素材通常由王城管理，價格也比較貴，須有一定的財力和地位才能取得。妲莉亞內心希望這些素材往後能更常出現在市面上。

妲莉亞吃著起司蛋糕，注意到窗外的星空。不知不覺間天已經黑了。

沃爾弗喝完不知第幾杯的碳酸威士忌，正在稍作休息。

「那個，我有件事想問你……」

老實說她不是很想問這件事，可是又很在意。

她或許得向沃爾弗道歉。

「請說。跟魔物有關嗎？還是部隊的事？」

「不，我想問……沃爾弗，你曾覺得我在『施捨』你，或『瞧不起』你嗎？」

「不會啊，我只覺得妳『幫了』我。有人對妳說了什麼嗎？」

沃爾弗從微醺中清醒，瞇眼望向妲莉亞。

對方既是她朋友，又是商會保證人，還是說明清楚比較好——妲莉亞想著便端正坐姿，講了前幾天伊凡諾給她忠告的事。

沃爾弗單手放在桌上，時而點頭聆聽。

「……我反省後明白是自己思慮不周。」

受伊凡諾指正當下，她認同了伊凡諾的話，回到綠塔後卻相當沮喪。

明知伊凡諾說的是對的，還是很難過。她覺得自己真幼稚。

「就工作來說，伊凡諾的想法是對的。但妳的好心讓很多人受惠，包含我在內，所以我覺得妳做的事並沒有錯。」

「不過我可能不是『好心』，而只是想當個被家人稱讚的『好孩子』罷了。」

妲莉亞雙手交握，自白似的回道。

父親是她唯一的家人，此外也只有陪伴她到一定年紀的女僕蘇菲亞、師兄托比亞斯，以及特定幾個朋友。她的世界很小、很封閉。

她最近才發覺自己一直備受呵護，而且很依賴這樣的呵護。

「儘管如此，我還是很感激妳做的事。我覺得被妳『拯救』了。從在森林相遇那天直到今天，一直受妳幫助。」

「我也一樣。你不只在工作上幫了我的忙，還讓我過得很開心，儘管發生這麼多事也沒時間沮喪。」

「我們認識才快一個月呢。希望之後可以過得更開心。」

「希望我之後壓力不會太大……但你說得對，未來也很值得期待。我們還沒做出理想的魔劍，我也有很多想做的魔導具。」

「嗯，我還想和妳聊天，還有很多想一起喝的酒、一起去的店。」

「這些也很教人期待。」

沃爾弗聽見妲莉亞的回答後微微一笑，閉上眼睛。

「我應該感謝那天把我抓走的飛龍。來祈禱牠在另一個世界過得幸福吧……不過是我殺死牠的就是了。」

「好啊，一起祈禱吧。」

妲莉亞閉上眼，在胸前雙手交握，為飛龍祈福。

能和沃爾弗相遇，對她來說是幸運的。

然而無論對人或對魔物而言，死亡都是件可怕的事。她希望那隻飛龍能夠安息，盡快轉生。希望牠轉生到和平的世界，過幸福的生活。

或許正因她是轉生者，才會許下這麼平實的願望。

「………」

沃爾弗想喊妲莉亞的名字，卻喊不出口。

他原以為自己說完要為飛龍祈禱，對方會露出苦笑或笑著吐嘈。沒想到妲莉亞竟如此真誠地祈禱。

在妲莉亞默默祈禱時，沃爾弗只能不發一語地看著她。

◆◆◆◆◆◆

他們直到夜深才準備回家。

公共馬車已經停駛，只能搭類似計程車的接送馬車。

鬧街的接送馬車店太多人，他們決定走到隔壁區域搭車。

一路上偶爾會和踉蹌的醉鬼、摟著肩邊走邊唱歌的男人們、服裝華麗的女人們擦身而過。

沃爾弗原本和平時一樣邊走邊說話，這時忽然將臉靠向妲莉亞。妲莉亞還來不及驚訝，他便壓低聲音說：

「妲莉亞，妳冷靜聽我說。我們好像被人跟蹤了。」

沃爾弗手中的防竊聽魔導具亮著燈，顯示正在運作。妲莉亞以眼角餘光瞧見燈光，面向前方問道：

「呃，是搶匪嗎？」

「不知道。對方似乎只有兩個人，應該沒問題，但我不希望發生任何危險的事。」

沃爾弗朝妲莉亞露出微笑，但話一說完，態度立刻轉變。

後面的人可能更靠近了。

「我們還是在棘手情況發生前趕緊逃跑吧。」

「對不起，我跑得很慢。衛兵所……也在反方向。」

這條路雖然人很少，但還是有人。若他們遇到搶劫，應該會有人去衛兵所通報。

不過若對方就是鎖定伯爵家的沃爾弗，逃跑時妲莉亞可能會拖累他。

「不好意思，我可以把妳扛起來嗎？」

「我很重！而且身高又高。」

「剛好來到一個轉角，失禮了。」

妲莉亞連忙想回應，視野忽然搖晃了起來。

她還來不及了解狀況，就見到沃爾弗身後的景象如流線般變得模糊。

下個瞬間，一整片星空映入眼簾。

「咦？」

她花了好幾秒才明白自己正被沃爾弗抱著，來到二樓屋頂。

「明明就很輕。」

熟悉的聲音在耳邊響起，意外地近。

她急忙轉頭，見男子笑得很開心。

沃爾弗抱著想說些什麼的她，稍微壓低姿態。

「別動，咬到舌頭就不好了。我會繼續移動，到了沒人的地方再下去。」

妲莉亞閉上嘴，點點頭。

她很怕從這個高度摔下去，內心忐忑，只能抓緊沃爾弗的上衣。

沃爾弗在屋頂之間輕盈跳躍，同時搜尋沒有人的地方。

他觀察著四周往前移動，從屋頂跳到陽臺柵欄，再回到地面。

降落時多少有些飄浮感和衝擊感，但視野終於變低，讓妲莉亞鬆一口氣。

「抱歉突然把妳抱起來。會不舒服嗎？」

「我沒事，只是有點嚇到。你呢？有沒有傷到肩膀或腰？」

「……沒事。」

沃爾弗輕輕放下妲莉亞，抬頭望向剛才踩過的屋頂。

「已經感覺不到對方的氣息了，但還是要再注意一下。打架還行，要是對方近距離使用飛刀或攻擊魔法就危險了。」
「打架也很危險啊。」
「我要是為了保護妳而和人打起來，妳覺得我會輸嗎？」
「我不認為你會輸。」
妲莉亞隨即回答。
沃爾弗有很強的身體強化魔法，還有天狼手環，妲莉亞不認為有人打得過他。
不過打架還是有風險。沃爾弗有可能沒掌握好力道，或者波及無辜路人，妲莉亞希望他能考慮到這些問題。
但眼前的青年只瞪大眼睛，盯著果斷回答的她。
「不，我只是……開個玩笑。如果遇到魔導師使用長距離攻擊魔法，這種打架我絕對贏不了。」
「這已經不叫打架了吧……」
魔導師用長距離攻擊魔法進行對戰，還算打架嗎？
這種情況通常只出現在大型演習、戰爭，或大規模殲滅魔物的行動中。
除非沃爾弗真的變成魔王，否則不可能遭受長距離的魔法攻擊。

她可能醉了，盡想些奇怪的事，這時沃爾弗輕嘆了口氣。

「最近有些搶劫案件，搶匪刻意讓人雙腳受傷，難以走動，再搶走對方的隨身物品後逃逸。被害者若受傷就會先找醫生或神官，犯人就會更不容易被抓到，這就是他們的目的。」

「太過分了……」

這做法真是卑鄙。

縱然王都的治安還不錯，仍難以完全消滅犯罪。走在鬧街上需要特別注意。

「這次的原因有可能出在我。我之前也曾經被想掌握我動向的人跟蹤過。最近沒再遇到，但說不定又是這種的。」

「不，最有可能的還是搶錢，你別想太多。不好意思現在才道謝，謝謝你幫了我。」

「多虧有天狼手環，所以說到底其實還是妳幫了我。」

沃爾弗露出苦笑，輕輕伸出左手。

「我知道這樣很失禮，但還是有點擔心，能不能牽著妳走到接送馬車店呢？」

「呃，麻煩你了。」

兩人牽起手，稍微加快腳步穿過人少的巷子。

頭頂上方想必有著滿天星斗，但她沒有心力抬頭欣賞。

剛才在屋頂上見到的星空無比美麗。

哪天若能和沃爾弗在綠塔屋頂欣賞星空，一定很開心——她想到這裡忽然回神。沃爾弗拚命保護她遠離危險，她怎麼能沉醉在幻想中？

她現在該做的是集中精神，快步前行。

他們穿過幾條路後，平安抵達設有接送馬車的大路。

「妲莉亞，妳明天會出門嗎？」

「不會，我打算整天待在綠塔工作。」

「為了慎重起見，我明早可以從家中派使者過去確認妳的安全嗎？真希望我明天放假，可惜騎士團要進行聯合訓練。」

「沒問題，麻煩你了。」

就算對沃爾弗說是他多慮了，他應該也不會打消念頭。因此妲莉亞這次便順從地接受他的好意。

可能因為一直處在警戒狀態，他變得很敏感。

「如果有什麼想買或需要的東西，儘管跟使者說。後天可以請馬車來綠塔前接妳。考量到對商會的影響，還是謹慎一點比較好。」

「我明白了。我這陣子進出都會預約馬車。」

見妲莉亞乖乖點頭，沃爾弗露出帥氣的笑容。

方才，沃爾弗配合著妲莉亞的快步，用身體強化聆聽四周的聲音。

儘管聽覺過於靈敏會使耳朵很不舒服，他還是持續到搭上馬車為止。

他和妲莉亞離開餐廳邊走邊聊時，感覺到身後有點怪怪的。

那雖然不是殺氣，但似乎正注意著他們兩個——沃爾弗一有這個想法，立刻用了身體強化。

他用了身體強化後，聽力也會變強了些。他沒有回頭，數度改變走路速度，藉此確認腳步聲。

跟蹤他們的腳步聲有兩個。

那兩個人完全沒交談，由此可見，他們的目的應該不是搶劫，也不是非禮身為女性的妲莉亞。

途中還傳來低沉的金屬音，這代表他們可能帶著短劍，或衣服下藏有防身用的鐵板，並非不會戰鬥的門外漢。

雖說對妲莉亞很抱歉，但為了安全起見，他還是在轉彎的同時抱起她跳到屋頂上。

他已做好被罵的心理準備，不過妲莉亞認為情況緊急沒和他計較。這讓他鬆了口氣。

幸好那兩人沒追上來，但沃爾弗還是很在意對方為什麼要尾隨他們。

他認為最有可能的原因，就是有人因為對他的女性關係有所誤解而心懷怨恨。真是令人不悅。

讓妲莉亞感到害怕，他卻沒辦法馬上解決問題，沃爾弗對這樣的自己感到更不悅。

唯一值得安慰的，只有自己手中那隻柔軟而溫暖的手。

改良小型魔導爐

妲莉亞一大早就將素材和零件拿出來擺在工作間，不停寫著筆記。

眼前的小型魔導爐比廚房的爐子要小得多。

但對沃爾弗所屬的魔物討伐部隊而言，這爐子還是太大、太重，無法帶去遠征。

考慮到攜帶方便性，她想將重量減輕到和裝有酒或水的防腐皮袋一樣重，甚至比皮袋輕。這樣隊員只要少喝一次酒就能攜帶爐子。

可是為了達到目標，單純計算起來，爐子的重量必須減至現在的一半。

她將一般魔導爐改良成小型魔導爐時已經減了很多，這次需要用些不同的方法。她回想至今做過的魔導具如何輕量化，並用文字記錄下來。

將魔導燈輕量化時，是削減金屬基座，用更薄的玻璃。換成小型魔導爐，或許可以削減底座和素材本身。

能讓羊皮紙做的書乾燥不發霉的書本乾燥機(book winder)，輕量化時則是將整體壓縮，並讓通風管配合書的大小伸縮。不過這方法沒辦法適用在魔導爐上。

至於冷風扇的輕量化，她父親曾興致勃勃地說要挑戰極限，結果將重量減得太多，導致冷風扇一開機就會往後退。當時他們父女倆笑著將其做成壁扇，但若遠征用爐會一直後退，那可就不好笑了。

不過，應該可以讓爐子邊角變圓，以削減金屬量。

妲莉亞思考素材、形狀、材質上可以改良的地方，將想法全部化為文字，寫到腦袋空白為止。

腦袋變空白後，她就將桌上的小型魔導爐翻過來，摸摸素材和零件。接著又將想到的東西寫在筆記上。

這樣的過程重複了好幾次，她的指頭被墨水染黑，累積出厚厚一疊筆記。

和父親以及托比亞斯一起工作時，她都會主動說「來泡早茶和午茶吧」、「工作了這麼久，休息一下吧」。

然而她獨自工作時，時間和感官都會消失。她往往在把事情做完前都不會起身。這樣雖然能讓工作有所進展，卻對身體不太好。

妲莉亞寫完筆記，正在伸懶腰時，門鈴響了。

她前去應門，發現是沃爾弗派來的使者。沃爾弗昨天有向她提過，所以她並不驚訝。使者交給她一封信及一個天藍色的小盒子。

信上說，如果妲莉亞有想買或需要的東西可以請使者去買。她沒有要買的東西，所以只請使者轉交回信，信上寫道：「我今天一整天都待在家裡改良小型魔導爐。訓練加油。」

要是能寫些更動聽的話語就好了，可惜她只想到這些。

她心想下次去書店時要買本教人寫信的書來看，並目送使者離去。

使者送來的小盒子裡裝著五彩繽紛的金平糖。沃爾弗似乎有留意到她在酒器店吃這種糖吃得很開心。

她將白色和粉紅色兩顆金平糖放入口中，享受著糖果的甜味，繼續工作。

妲莉亞在工作桌上將目前寫的筆記按內容作區分。

做得出來、看似有效的放上面，做不出來、感覺行不通的放下面，再用夾子夾好。接下來只要由上往下，把能試的試過一遍就行了。

首先是選擇材料和材質。

她測量幾種候選金屬板的重量，發現這些板子意外地重因而皺起眉頭。雖然也能將板子打薄，但考量到做成小型魔導爐後需要加熱，也不能做得太薄。

要是有鋁或鈦就好了，可惜這世界沒有。

若不考慮價格，也可選用魔物的殼或稀有金屬，但這樣有點貴。

妲莉亞希望魔物討伐部隊能採購多一點小型魔導爐來用。基於價格考量，還是選用市面上常見的金屬比較好。

她最後選了鐵和銅的混合板，稍微打薄做成爐子的材料後，再賦予輕量化魔法。

再來要塑造外型。

她參考之前向費爾莫借的小物設計輕量化書籍，改變金屬板的形狀。

先將小型魔導爐的高度調低，剛好放得下小型魔石即可。再將方形的爐子修成接近圓形，並讓其中一邊保持平直，以防爐子翻倒。

爐子的形狀變成下半部被稍微切掉的圓形，重量減輕許多。

為防止使用者無意間觸碰爐子時手被割傷，妲莉亞旋轉爐子打磨邊緣。時而注入魔力，讓弧線和邊緣更平整。

她撫摸檢查爐子，弄得指尖上都是傷，不過這是常有的事。她用有點刺痛的手指檢查完爐子，在背面製作放置小型魔石的空間和滑蓋。

至於爐子的火力，她只設置了弱、強、關三種。

接著讓旋鈕轉到「關」的位置時可以鎖住。這是為防爐子在搬運或掉落時開關自己打開。安全鎖需要一定的力氣才能轉開。

其實最安全的做法是請使用者拆下魔石，可是這樣太麻煩了，她便選擇加裝安全鎖。

她將所有裝置做完，賦予輕量化魔法，裝上小型魔石。然後將全部的運作方式和熱度都確認過一遍。

目前為止一切順利，她有點緊張地測量爐子的重量。

「……還是有點重……」

比她的目標多了一成。雖然只多一成，但遠征行李的重量至關重要。

而且這上面還要放鍋子。鍋子的大小和重量也會造成額外負擔，可是若沒有鍋子就沒辦法煮湯。

為了讓部隊在遠征時可以煮水、熱湯，還是有鍋子比較好。

「就算賦予鍋子輕量化魔法，還是有極限……」

妲莉亞無計可施，低吟苦思之際，忽然聽見喀噠聲。

她驚訝地回頭，發現聲音來自裝有試作品「魔王部下的短劍」的魔封盒。仔細一看，是上方的金屬板滑開了。

「不是它自己動的吧……」

她腦中一瞬間浮現魔劍緩緩爬向自己的畫面，趕緊搖搖頭。

這種時候想得越多越容易害怕。

她猛然站起身，告訴自己沒事沒事，打開了蓋子。

短劍沒有任何變化，她確認過沒問題後，蓋好魔封盒的蓋子，再次將金屬板壓在上面。

「……啊！」

蓋上魔封盒後，她想到一件事。

她一直將小型魔導爐和鍋子視為兩樣東西，但鍋子其實也可以做成爐蓋。搬運時是爐蓋，翻過來是鍋子，這樣兩者就能組合在一起。

另外，或許不必在爐子背面設置魔石槽，而是可以將魔石從上方卡進爐子裡，再放上鍋子。當然還要花點心思補強各處，以免鍋子直接碰到魔石，但這樣能減輕很多重量。

「呵呵……應該可行……」

能將好點子實際做出來是一件非常開心的事。

妲莉亞準備了兩片新板子，分別製作爐子和鍋子。

反正沒人看，她索性就不隱藏臉上的笑意。這種時候能自己一個人工作真好。

爐子成形後，她再度翻閱筆記，看到關於把手的記述。

她完全忘了把手。沒有把手就沒辦法端熱鍋，但在搬運時又很礙事。

她將把手做成可拆卸、對摺的形式，這樣就能放進鍋子裡。

「還不錯……」

妲莉亞興奮地測量第二個試作品的重量。

同樣比一個酒袋再多一成，不過這次是有含鍋子的重量。

大小則比她雙手比出的圓形再大一圈，厚度大約五公分。和市售的小鍋子差不多。

接下來還要做耐久測試，然後再次把爐子拆開，確認各零件的重量，看能不能再變輕一些，並做安全檢查。接著再畫出設計圖，詢問沃爾弗、伊凡諾和費爾莫等人的意見——想到這裡，她的肚子咕嚕叫了起來。

「咦？」

望向窗外，才發現如今已是日暮時分。午餐和下午茶她都忘了吃。

她覺得口很渴，視野也微微搖晃，因此有些慌張。

要是像前世一樣經常熬夜，忽略飲食拚命工作，身體會吃不消。一次兩次就算了，若長期這樣，就算再年輕也有可能病倒或猝死。

她對此深切反省，決定之後在旁邊放個沙漏或魔導計時器。

簡單整理完工作間後，妲莉亞來到二樓。

她從廚房拿出最愛的核桃麵包、牛奶及庫存的起司和火腿，準備用餐。

可能因為昨天有沃爾弗陪伴，一起走過熱鬧的商店街，她總覺得家裡特別安靜。

綠塔一個人住起來太大了。

她本來要在結婚時搬出這裡，整理完私人物品，就將這裡當作倉庫或租給別人。

不過也不能因為房子太大就急著收徒弟，讓徒弟住進來。她還不夠格收徒弟。

「要分租房間也很難……」

不但廚房和浴室要共用，出入家門時也必須經過一樓的工作間。只能租給值得信任且和她很合得來的人。

她停下想將核桃麵包撕成兩半的手。

腦中忽然浮現沃爾弗來綠塔時的情景。

無論聊天、吃飯或工作的時候，她都沒有壓力，光是和沃爾弗在一起就很開心。他或許正適合當她的室友。

「可是這裡離王城很遠……」

附近雖然有公共馬車，但只在限定的時間行駛。

綠塔位在西區的城牆附近，算是王都中人比較少的區域。即使接送馬車會從中央開過來，但想搭馬車得走一大段路，到接近西區中央那一區才搭得到。

沃爾弗住在王城區的軍營，來時是搭接送馬車，回去幾乎都是徒步。

他本人說不在意，但讓他喝完酒深夜走回軍營，妲莉亞總覺得過意不去。

「不知道一匹馬要多少錢。」

馬本身就很貴了，飼養也要花不少錢。

妲莉亞不曉得怎麼養馬，所以也需要僱人來照顧。

伊凡諾說等商會規模擴大，就要買馬和馬車，並僱用馬夫，但不知道要等多久——想到這裡，妲莉亞疑惑地歪頭。

奇怪，她為什麼會假設沃爾弗成為自己的室友，在思考這些事？

他住在軍營，在王城工作，經常要遠征。沒必要特地搬來綠塔住。

重點是——沃爾弗是男生。不可能搬來和她這個獨居女生同住。

「……又餓又累的時候總會想些奇怪的事。還是趕緊吃東西吧！」

妲莉亞張大嘴巴咬了口核桃麵包，繼續用餐。

情書與王城騎士團聯合演習

「斯卡法洛特大人……！」

沃爾弗剛結束演習會議，穿越走廊時，被後方的女子叫住。

他覺得很煩，面無表情地轉頭。

「……什麼事？」

眼前是位身穿淺黃禮服的少女，顫抖的手裡拿著白色信封。沃爾弗對她完全沒印象。

身旁的多利諾拍了一下他的肩膀，露出微妙的眼神先走一步。沃爾弗真希望對方別扔下自己，但又不能連累身為平民的他。

「斯卡法洛特大人，那、那個！……可以請你看一下這封信嗎？」

「很抱歉，我不能收。」

沃爾弗果斷地說完，少女的藍眸立刻湧出淚水。

她年約十多歲，從那纖細身軀上穿的禮服樣式和質感看來，應該是中階或高階貴族，而且是由家長如父親或祖父帶進王城的。不能隨便敷衍她。

走廊上只有少女一人，不曉得她的侍女或侍從去哪兒了。

獨自來送情書確實勇氣可嘉，但她有沒有想過，她可能會因為流言而蒙受損失？

光是被人看見她在和沃爾弗說話，就容易引起很多麻煩。

再者，若她傳出醜聞，她的父母也很可能對沃爾弗心生怨恨。

不過眼前的少女一定沒想過這些事。

「不回信也沒關係，可以請你收下嗎？」

「要寄信給我請經由斯卡法洛特家。我很忙，通常都請家裡的人轉述內容給我聽。」

他想盡早結束對話，便委婉表達「如果妳不怕信被檢查，就把信寄到斯卡法洛特家」之意。

沒有人明知道會被檢查，還寄情書過來。就算有，只要退回去就好。

一般貴族見到出身自伯爵家，但無外部魔力，又聲名狼藉的沃爾弗雷德．斯卡法洛特，都不會想把女兒嫁給他，也會極力阻止女兒和他交往。

「竟然說要寄到你家……」

少女泫然欲泣，然而沃爾弗只想遠離她。

這個年紀的少女比主動誘惑人的熟女更難應付。因為她們既固執己見，行動力又強。

「我還在工作，失陪了。」

沃爾弗行了個禮，繞開少女穿越走廊。

以他的經驗，若從對方伸手可及之處走過，有兩成機率會被抱住。他想保護自身安全。

身後傳來微微的嗚咽聲，他加快腳步。

「斯卡法洛特前輩，這樣她太可憐了吧。」

沃爾弗走過走廊轉角，見隊上的後輩對自己投以譴責的目光。

後輩似乎聽到了他和少女的對話。

「至少該收下她的信……」

「家人叫我不要隨便收信。」

「是這樣嗎……」

「你還是和我一起離開這裡吧。」

他繼續往前走，想盡量和少女拉開距離。

綠髮後輩不服氣地跟在旁邊，沃爾弗不耐煩地對他說：

「收了信可能會發生一些難以應付的狀況。」

「那個年紀的女孩寫的情書，不是看看就好嗎？」

「就是不能『看看就好』，所以我才不收。」

「是因為對方會在信上寫說『請你娶我』嗎？」

沃爾弗平常不喜歡向人說明這種事，他怕別人誤以為他在炫耀。

但昨天被跟蹤一事和剛才的情書都讓他心情鬱悶，忍不住開口抱怨。

「那個年紀的千金小姐大多會強迫我出席茶會、陪同參加晚宴，還要去見對方家長以獲得交往許可，連日期都指定好。全是一廂情願，我根本沒和她們來往過，大部分連長相和名字都不知道。」

「這麼恐怖嗎……？」

「不，這還不算恐怖。更恐怖的是不交往就以死相逼，或在信封裡放頭髮和指甲。我印象中還有用血署名的……」

沃爾弗越回想，心情越低落。

「還有另一種恐怖狀況，像是在信紙上寫滿未婚夫的壞話，或要求我將她從未婚夫手中搶過來。對了，還有人告訴我婚禮日期，要我去搶婚……我根本不認得那個大小姐。」

「……好可怕……」

沃爾弗眼神空洞地望著遠方，後輩聽得打了個哆嗦。

他沒想到會這麼嚴重吧。

少女情書裡不見得都是淡淡的愛戀。有的措詞過於熱烈，有的危險到令人不得不避開。

若論固執程度，少女也許比成年女性還可怕。

「最近如何我就不清楚了。因為我現在基本上都不收，就算對方硬塞給我或寄到我家，我家的人也會將信退回對方家。即使如此有時還是會被對方家人或未婚夫怨恨。」

「……我懂了。所以你只能像剛剛那樣應對，不能讓對方抱有期待。」

後輩的表情完全從責備轉為同情。

「你現在回去，那位小姐可能會抱著你哭喔。如果她是你喜歡的類型，要不要回去安慰她一下？」

「不，我有未婚妻了。」

沃爾弗挖苦完，後輩就使勁地搖頭。

「老實說，我聽說你很受女生歡迎，原本有點羨慕……」

「如果你羨慕我這樣，我很樂意把機會讓給你。」

「對不起，我不會再這麼想了。是我誤會了。因為……我聽說你很會玩，就算對方有未婚夫或男朋友也不在意……」

「和有未婚夫或男友的大小姐交往，就像在會噴火的魔物面前跳舞一樣危險。我們平常討伐魔物已經夠累了……」

「的確，而且你不用和那種大小姐交往也很受歡迎。」

「我比較想過平靜的生活！」

可能因為最近剛和妲莉亞聊過天，他不自覺說出真心話。

後輩愣了一下，忍不住笑出來。

「……沒想到斯卡法洛特前輩是這麼正經又有趣的人……」

「所以你到底是覺得我正經還是有趣，雷歐納迪？」

「一半一半吧。啊，請叫我寇克。」

「好，你也叫我沃爾弗吧。」

稱呼從姓改為名，也帶有「想和對方變親近」的意思。

這個月以來，和沃爾弗以名字相稱的人突然變多了。這雖然不是什麼了不起的事，但他覺得很開心。

「沃爾弗前輩的身體強化真厲害。」

「謝謝。不過，我倒羨慕像你這樣會魔法的人。」

寇克有著綠髮綠眸，魔力量也很高，堪稱風魔法天才。但他沒有去魔導部隊，而是待在魔物討伐部隊。

「可惜我只會風魔法。我沒有身體強化能力，沒辦法太靠近魔物，又很常受傷……我的夢想是和我爸一樣，成為能打倒魔物的騎士，然而現實總是殘酷的。」

「令尊是我們隊上的前輩？」

「對。他很早就辭職，如今在經營家族事業，一喝醉就重複說著討伐魔物的故事，老是那幾個故事在輪替，我聽了不下百次。」

魔物討伐部隊的死亡率在騎士團中特別高。

聽到寇克的父親並非因過世而離隊，沃爾弗鬆了口氣。

「我爸很擅長身體強化魔法，所以比起風魔法，我更想像他那樣。」

世人多半想要自己沒有的東西。眼前就有個和沃爾弗懷抱相反願望的人。

這時沃爾弗忽然想到，天狼手環具備了風魔法的效果。自己正是靠風魔法增加跳躍距離，加快移動速度。

像寇克這麼擅長風魔法的人，或許能用風魔法代替身體強化。

「你可以用風魔法跳很遠吧？」

「對，還滿遠的。」

「如果用風來輔助自己的動作，不就和身體強化一樣了嗎？」

「用風來輔助動作？」

「你現在跳躍時，是不是讓風從後方推著你的背？何不在揮劍時用同樣的方法，讓風集中吹向你的手臂或手中的劍？也能在逃跑時讓風從側面颳過來，幫助你往旁邊閃避。還可以讓風吹向同伴。若能像這樣用風魔法來輔助動作，應該很方便……」

他已習慣在和妲莉亞製作魔劍時提出各種假設。現在他腦中也浮現一個又一個的「如果」，不假思索就說了出口。

會用魔法的人聽見這些想法可能會覺得很離譜。寇克張大嘴巴，什麼話都說不出來。

「抱歉，我不懂風魔法，說了沒用的建議……」

「沃爾弗前輩！」

寇克用力抓住他的手，用響徹走廊的聲音喊他的名字。

「請你再說一次！也請陪我去鍛鍊場，我想實際試試看！」

「可是就要吃午餐了……」

「我們五分鐘內吃完午餐，就去鍛鍊場吧！」

午餐要慢慢吃，而且為了下午的演習應該要休息——他腦中浮現許多拒絕的話。

然而，寇克那雙閃閃發光的亮綠色眼睛令他想起妲莉亞。

這麼一來，他只能點頭了。

「謝謝！我們現在就走吧！」

「先去餐廳再說。」

見到寇克的爽朗笑容，他無奈地回以微笑。

這天之後，有好一陣子大家都在討論「被後輩拉著走的沃爾弗」，這極為罕見的光景。

⬢ ● ● ● ● ⬢

騎士們紛紛來到王城的大演習場，準備參加騎士團的聯合演習。

在正午陽光照耀下，騎士的盔甲和頭盔反射出刺眼光芒。

戶外幾乎沒風，天空藍得讓人憤恨。今天感覺只要稍微動一下就會大汗淋漓。

奧迪涅王國的騎士團大致可分為四個部門。

近衛隊、第一至第五騎士團、魔導部隊、魔物討伐部隊。

近衛隊是以保護王族為主的部隊，由一批千挑萬選的精銳組成。幾乎所有成員都是魔法劍士，既會魔法又是騎士。

騎士團分為守備王城的第一騎士團，以及主要負責守備王國與國境的第二至第五騎士團，各自底下都有眾多士兵。

魔導部隊是以魔導師為主的部隊，常會按需要和其他團隊一同行動。

魔物討伐部隊正如其名，主要負責和魔物戰鬥。

奧迪涅現在很和平，未與他國發生糾紛。不過設立軍隊是未雨綢繆，也是為了處理魔物造成的災害。

奧迪涅是相當大的國家，因此軍備需有一定的品質和數量。嚴格訓練也是為了此目的。

今天的聯合演習，是由第一騎士團和魔物討伐部隊選拔出來的人員進行。這是一場定期訓練，兩隊各出五十人，半數以上都是年輕騎士。

「總之就是要讓他不能動。反正他家也把他排除在外，就算出點事也不會有問題。」

「這麼做未免也太……」

「這樣不太好吧……」

在炎熱鍛鍊場的一角，第一騎士團大約二十名的年輕騎士表情嚴肅地在商量事情。

聽見指揮者的指令，其他人似乎想勸阻，但他聽不進去。

「我沒叫你們讓他受傷，我只說要讓他動不了。戰鬥時不是都要先解決『動作敏捷』的敵人嗎？」

「是沒錯……」

「沒事的。所有人一開始就去解決『最有害的敵人』，懂了吧？」

「……是。」

「明白了……」

最後，指揮者強迫大家接受，年輕騎士們也只能不情願地點頭。

這些人氣氛沉重，離他們稍遠的地方，有幾個人別過視線聽著這些話。

「他們好像要做些奇怪的事，要阻止他們嗎？」

「他好歹也是侯爵家的次子，我們之中沒人能阻止他。不過怎麼聽起來像私仇啊……」

「他學生時代曾向一位千金告白，對方說喜歡沃爾弗雷德，就把他給甩了。他現在的未婚妻聽到他要和魔物討伐部隊進行聯合演習，就要他邀沃爾弗雷德來參加茶會。所以他想讓對方受傷，以此為理由拒絕未婚妻，從前天起就氣急敗壞。」

「完全是遷怒……」

騎士們苦悶地嘆氣。

下指示的那個男人固然愚蠢，可是換個角度想，也有點令人同情。

其中一名騎士心想，若自己站在他的立場，也不難理解他為何不和未婚妻好好談，而是找沃爾弗雷德出氣。

他瞄了眼對面的陣地，唯有一個人看起來汗都沒流，神色自若，而且有著帥氣的側臉。

即使對他沒有任何怨恨，還是會覺得「與喜歡的女人見面時，絕對不會讓他站在自己旁邊」。

「他如果長那樣還有魔力，要娶公爵千金都沒問題。」

「他實際上真的在跟前公爵夫人交往，不過雙方可能都只是玩玩。」

「俗話說沒有人是完美的。但他就算沒有外部魔力，長那麼帥，活得一定很輕鬆吧。」

「是嗎？我可不想像他那樣。容貌衰老之後還剩什麼？」

「不，只要趁年輕入贅到好人家就行了……」

這群人接著聊起長相和結婚的話題，對面陣地的多利諾聽到這裡，伸了個大懶腰，然後背對第一騎士團，開始做伸展。

「他們真是肆無忌憚，愛說什麼就說什麼。」

「可能沒想到我們會聽得這麼清楚吧。」

「怎麼，你也聽到他們叫你『最有害的人』了嗎？」

雙方陣營有些距離，但沃爾弗似乎也聽到了。兩人交頭接耳起來。

「我用了身體強化後，聽力也會變強。而且他們本來聲音就很大。」

「你已經將身體強化開到這麼強了嗎？有多餘的魔力真好。」

「多利諾，你雖然這麼說，但自己不也一直在偷聽嗎？」

「畢竟對方可能會在言談中洩漏作戰策略嘛，蒐集情報是最基本的事。」

多利諾稍微翻起黑色皮手套，底下有一只手環微微發出紅光。

「那是提升聽覺的手環嗎？要多少錢？」

「你最近怎麼老是對魔導具的事這麼在意？這應該滿貴的吧。我是跟前輩借的。」

多利諾邊說邊將手套戴好，這時有幾名隊員走過來。

「沃爾弗雷德，你似乎成了今天的箭靶，等等要不要退到後面？」

「阿爾菲奧前輩，你也聽見了嗎？」

「我今天耳朵特別好。」

見到今天擔任總隊長的阿爾菲奧也戴著黑手套，兩人便明白他的意思。

阿爾菲奧笑容滿面，焦茶色眼睛卻莫名冰冷。

他可能對沃爾弗被當成箭靶感到忿忿不平，也不滿第一騎士團面對戰鬥的態度。無論是將私仇帶進演習中這件事，還是想報復的那個人，或是不加以阻止的同伴，全都教人不快。

第一騎士團成員眾多，而且多半是貴族階級。

其中有一部分的年輕貴族瞧不起魔物討伐部隊。主要是因為一些謠言和他們對魔物討伐部隊的想像。

就算要有一定程度的實力才進得了第一騎士團，但在那裡的並不全是最強的人。

相較之下，加入魔物討伐部隊後通常能變得更強。他們除了要不定期遠征，還要搏命和魔物戰鬥，所以無論什麼身分的人都會越來越強，部隊也會越來越團結。

這也是聯合演習的目的之一。實際戰鬥後，很多人就不敢輕視部隊，開始發憤圖強。

可惜的是，有些人即使戰鬥完也不一定會有正確的理解。

「呃，我們現在說這些，不會被對方聽見嗎？」

「我聽了前輩的建議，在口袋裡裝防竊聽器，也開機了。」

「我則是用手環。總不能讓作戰策略洩漏出去，所以我都隨身帶著。魔物中也有很多智力高的傢伙。」

多利諾和阿爾菲奧背對著敵對陣營回答，沃爾弗繼續問道：

「那他們為什麼沒戴？」

「他們後方的部隊有戴，講話被聽見的只有前面那些年輕人。明明是高階貴族，日子過得真愜意。該讓這些前途光明的年輕騎士好好學學了。」

阿爾菲奧的語氣突然變得多禮，顯得格外可怕。

防竊聽魔導具確實被稱為貴族必備品，但就連沃爾弗也沒想到要帶來演習場。

「我一次也沒帶來過……」

「你之前從未負責訂定作戰計畫，也沒說過什麼不能讓對方聽到的話吧？一直都是遵從指令，擔任先鋒。」

「是沒錯。」

沃爾弗至今都將作戰計畫和討論交由前輩們決定。最近一個月才開始主動提議，而且還是基於「想盡早結束遠征」這個自私的理由。

「沃爾弗現在也是會出主意的人了，一起來想作戰計畫吧。」

「這樣我們也會輕鬆一點。」

「我會努力的，不過要想出有效的作戰計畫，我還差得遠……今天練的是『搶頭盔』對吧？」

「沒錯。」

「搶頭盔」是模擬戰的一種。

雙方於演習場設置陣地，在陣地後方豎起棍子，掛上頭盔。先將對方陣營的頭盔弄掉的隊伍就贏了。

能施魔法弄掉，也能猛攻衝入對方陣營弄掉，防守的同時另外派一群人慢慢進攻也行。算是自由度很高的訓練。

魔法只能用初級的，武器也全是仿真品。即使如此，還是常有人在混戰中受傷，因此演習場邊有會治癒魔法的魔導師和神官在待命。

「天氣太熱，我提議發動猛攻，盡快結束演習！」

多利諾果斷地說。

「猛攻嗎……要怎麼做？」

「沃爾弗，他們前排二十人應該會一口氣衝向你，你能從他們頭頂跳過去嗎？」

「跳得過去。是要我單獨出擊嗎？」

「別想一個人打完整場演習。你能抓著我跳過去嗎？我也會盡力跳躍。」

「應該可以。」

「我們倆率先出擊，攪亂對方陣腳，他們應該會追著你，你可以跳來跳去挑釁對方。等他們陣形潰散，年輕隊員、資深隊員再依序攻入對方陣地。只留三分之一的人保護陣地。」

「可以，這計畫還不錯。」

阿爾菲奧點點頭，和其他騎士交換意見。

「沃爾弗，我們一同起跳後，你就抓著我的盔甲，把我往對面陣營丟。」

「盔甲被往上拉，不會很難受嗎？」

「一下下而已，還好啦。雖然把人扛起來比較好搬，但我才不想被你『公主抱』。」

「公主抱」這個詞讓他想起昨天的妲莉亞。

她本人很在意自己的體重，但抱起來意外地輕盈柔軟，令沃爾弗訝異。他還清楚記得懷中的熱度，以及紅髮碰到脖子的些微觸感。

「喂，沃爾弗，你別在戰鬥開始前就一臉愉悅。這樣真的很像魔王。」

「咦？我露出了那樣的表情嗎？」

「對啊，看起來很愉悅，或者說很開心。」

「……我會深深反省。」

他感受到沉重的罪惡感。自己怎麼會對敬愛的友人有這種想法？可能是最近動得不夠。今天要盡全力在演習上好好消耗體力才行。

「也不必為了這種事反省吧……」

「不，我要來嘗試一些能對騎士團有助益的新練習！」

可以耗盡力氣，不會讓自己太顯眼，又會讓對手感到意外的方法——連他自己也不太相信有這種方法，但仍拚命思考。接著他面帶笑容，將自己的點子告訴朋友。

「蘭道夫，你要不要試試看率先進攻？」

「你哪來這種想法？蘭道夫是盾兵耶！」

「聽起來很有趣，可是我滿重的。跳也跳不遠，你也很難把我扛起來。就算用跑的也跑不快。」

蘭道夫雖然也是赤鎧，但會帶著大盾行動。他無法應付動作迅速的魔物，有時候只能在部隊後方待命。

他的工作比較偏向部隊撤退時的殿軍，待在最後面保護大家。

重點是，他是個比沃爾弗還高的彪形大漢，體重也很可觀。連沃爾弗也很難扛得起他。

「寇克，你來一下。你能用風魔法幫助我們三個跳到對面嗎？要盡量在同一時間。」

「可以，照剛才那樣，三個人也沒問題！」

「剛才？」

「我和沃爾弗前輩在午休時練習過，怎麼運用風魔法幫助隊友。我可以讓風吹在身上，輔助動作！」

「哦？聽起來滿有趣的。」

「但對身體的衝擊也很強，很像被人從背後用力推的感覺。」

「喔，那倒沒關係。我的背連沃爾弗的踢擊都能承受。」

「沃爾弗前輩的踢擊？」

「我有次差點被大型岩山蛇(craggy snake)吞下肚，沃爾弗踢了我的背，救我脫離險境。他代替我用劍撬開大蛇的嘴，撐在那裡直到魔導師灌魔法到大蛇口中，將牠擊倒。」

「哇，我也好想見證那一幕。那是什麼時候的事？」

寇克有些惋惜地問，蘭道夫思索了一下。

「已經是三年前的事了。當時岩山蛇的尖牙還卡住，沃爾弗費了番工夫才從牠嘴邊逃離，對吧？」

「對，牠的嘴好臭……我不願想起來……」

黑髮青年一臉嫌惡地說完，周圍的隊員笑了起來。

大家第一次見到沃爾弗真實的表情，感覺他變得更容易親近。

「沃爾弗雷德，你怎麼在這時候提口臭……」

「一般回想起這種事，都會說很痛或很辛苦吧？」

「我用了高強度的身體強化，嗅覺也會跟著提升。當時用了全力，就算用嘴巴呼吸，還是覺得很臭……」

「你當時淚眼汪汪，原來是因為這樣……」

「我不再羨慕你的身體強化了。」

時間所剩不多，他們趕緊從閒聊拉回正題，訂定作戰計畫。

有幾個人聽到沃爾弗的提議後笑出來，但一知道他不是在開玩笑，立刻面露難色。

不過，阿爾菲奧向沃爾弗和寇克確認過後，決定將計畫付諸實行。

第一騎士團與魔物討伐部隊共約一百名人員在演習場集合。

眾多騎士面對面排列的景象相當壯觀。

沃爾弗站在最前排中間，左腰插著模型短劍，將雙手空出來。

對面有一部分人緊盯著他，沉重的視線使人煩悶。但他今天卻覺得莫名地好笑。

這不是他第一次在演習中被針對。之前也曾有幾次因為他人單方面的怨恨或嫉妒而遭受多人攻擊。

雖說被這麼多人當成箭靶是第一次，但他也因此想出了有趣的作戰計畫。

他之前沒有認真思考過這件事，現在才發現想計畫其實也滿好玩的。

「沃爾弗，拜託你嘍。」

「我很重但還是麻煩你了。」

左右兩邊的多利諾、蘭道夫小聲說完，沃爾弗笑著點頭。

「搶頭盔比賽，開始！」

一聽見開始的號令，三人便衝了出去。

對面有一大群人明顯朝沃爾弗衝來，沃爾弗在他們面前奮力往上跳。邊跳邊用右手和左手，分別抓住多利諾和蘭道夫的盔甲，一口氣使出身體強化將他們拉起。

妲莉亞做的天狼手環充分發揮效用。儘管抓著蘭道夫的那隻手臂稍微下沉了些，高度仍十分足夠。

男人們驚訝地抬頭，即使高舉長槍也碰不到沃爾弗。

接著便有一股力道重重拍向三人的背，與其說是風，不如說像一大團空氣凝結體。

「嗚喔！」

多利諾慌張地叫了聲。

在空中不斷被風推向上、推向前是種相當驚奇的體驗。那樣的高度和速度讓人心口揪在一起。

「哈哈哈！」

蘭道夫忍不住大笑起來。

縱使他有身體強化魔法，但身體很沉，從來沒有跳這麼高過。初次體驗到的高度和力道令他身心暢快，底下的男人們變得更渺小，也讓人看了心情愉快。

「再來就拜託你們了！」

沃爾弗推著兩人，準備將他們拋出去。

「好！」

「收到！」

兩人以不可思議的飛行距離和速度跳進敵軍陣地。

每次都率先衝進敵陣的沃爾弗，這次卻於原地降落，跑向自己陣地，開始從後方追趕他剛才跳過的那排人。

打算攻擊沃爾弗的騎士們連忙回頭，陣形大亂。

沃爾弗在敵軍追趕下，在人群間隨意穿梭。

想用模型劍砍他，他就消失；想用魔法攻擊他，又怕打到同伴；撲過去想抓住他，原以為成功了，反而被他抓住手臂拋飛出去。

連圍攻他時，他也以驚人的力度和高度跳開，接著不知去向。

「可惡，動來動去的！」

「這個混蛋！」

這種逃法最容易讓追趕的人一肚子火。

附帶一提，沃爾弗很享受用天狼手環跳躍的感覺，臉上掛著燦爛的微笑。

眼見第一騎士團陣形完全崩潰，魔物討伐部隊的年輕隊員便以整齊的隊形衝入敵陣。沃

爾弗跳過同伴隊伍上方，全力衝回自己的陣地。

他回到陣地的頭盔前，這時資深隊員也開始整隊進攻。

這裡只剩下沃爾弗和阿爾菲奧兩個人。不過依目前的戰況看來，沒有任何敵人到得了這裡。

「差不多了。」

兩人瞇起眼睛，注視敵軍陣地。

多利諾和蘭道夫跳進敵軍陣地，敵軍對他們倆根本毫無防備。

蘭道夫舉起盾牌，和好幾名騎士交手，停留在陣地邊緣。

多利諾則迅速衝向頭盔。

然而負責防守的騎士們衝向他，迫使他退後，另一群人也追上來，他只能向右逃竄。

這時雙方隊友都前來支援，兩軍瞬間陷入混戰。

場上滿是模型劍相碰的聲音，以及魔物討伐部隊充滿氣勢的叫喊聲，奪走大部分騎士的注意力。

「可以了。」

一直待在原地應付敵人的蘭道夫將大盾砸向眼前的騎士們後跑了起來。從他的外型根本看不出他可以跑這麼快。

幾個想要阻止他的人都被輕鬆彈飛，摔在地上。

還有些人舉著模型劍定住不動，錯失揮劍的時機。

今天負責進攻的既不是沃爾弗也不是多利諾，而是蘭道夫。

儘管他和魔物討伐部隊的副隊長一樣魁梧，而且武器是大盾，但他也一直以赤鎧身分，拚命和魔物搏鬥。

他在鍛鍊過的壯碩身軀上施加強化魔法，渾身散發戰場的殺氣，如今需要三倍的人才阻止得了他。

蘭道夫來到棍子前，這才將手伸向左腰的模型劍。

棍子斷裂的啪嘰聲傳來，銀色頭盔高高飛向青空中。

「沃爾弗，謝謝你。我玩得很開心。」

「還好一切順利，蘭道夫。我也很開心。這是我第一次演習中沒有拔劍。」

比賽結束後，雙方在演習場上各自開了簡單的檢討會。

魔物討伐部隊確認作戰成功後，隊員們一群一群聊了起來。

有些人已經在笑著聊等會兒要去哪裡喝酒、要吃什麼。

「雷歐納迪，我也要向你道謝。飛上天太好玩了。」

見蘭道夫滿臉笑容，一旁的寇克愣住了。總是沉默寡言的前輩竟在他面前笑得像個少年一般。

「不會！我只是把你們推出去而已，還不太會控制風魔法……不過古德溫前輩能搶下頭盔，真是太好了！」

「叫我蘭道夫就好。你一叫古德溫，這裡會有七個人回頭。」

「呃，蘭道夫前輩。那也請叫我寇克。」

一天能和兩位前輩改以名字相稱，寇克真心感到欣喜。

「寇克，天空真的很棒……太舒暢了。」

「蘭道夫前輩？」

「蘭道夫？」

男人說著臉上卻露出苦澀的表情。

「……這麼說對祖先很抱歉，但我不禁想得到風魔法，而不是土魔法了。」

沃爾弗和寇克聽見他感慨的話語，相視而笑。

「大家都想得到自己沒有的東西呢。」

「對啊，但也要好好珍惜自己擁有的能力。」

他們語氣和緩，時而混雜著笑聲；與此同時，對面的第一騎士團也在開檢討會。

然而，這邊的檢討會有一半的人保持沉默，另一半的人一直在重複同樣的對話。

「為什麼一下也沒打到他！」

「我們也想遵從指令，但他……」

「敵軍裡還有會用風魔法的人，動作很難預料……」

「人這麼多卻什麼都做不到，真難看。」

「夠了。讓我們輸得這麼難看的到底是誰？」

一名今天從未開口的壯年騎士以陰鬱眼神質問那個不甘心的男人。

「你說什麼？」

「連女人心都沒辦法抓住的男人，還來這裡亂發脾氣，真是笑死人。你要是覺得不甘心，就變得像他們一樣厲害吧。」

「你說話放尊重點。」

「你這乳臭未乾的小子，別以為光靠家世就能在第一騎士團混下去。團長給了你隊長權限，想要測試你的實力，所以我才一直沒插手。結果你完全辜負他的期待。」

「什……！」

男人啞口無言，旁邊的騎士們露出鬆一口氣的表情。

不料，壯年騎士也怒目瞪向他們。

「你們身為第一騎士團成員卻沒能阻止他，也很沒用。我會向團長報告，讓你們徹底悔過，做好心理準備吧……」

那低沉到有如地鳴的聲音令騎士們嚇得臉色發白。

第一騎士團人數很多，但想加入或想從其他騎士團調來的人也很多。

因此，被判定沒實力或人格有問題的人就必須接受再訓練或被調職。

年輕騎士們未曾意識到，不只訓練時，連在演習和遠征中，自己也在接受測試，而且負責測試的竟是身分不高的騎士。

有人一直盯著地面，有人深深地嘆氣，有人小聲哀嘆，還有人仍一臉憤怒地瞪著其他人——戴著黑手套的阿爾菲奧從場地另一頭看著這幅景象，滿意地笑了。

處理好聯合演習的後續事宜，今天的工作便宣告結束。

由於結束時間比預定早很多，隊員們興奮地聊著要去哪裡放鬆喝酒、要去哪裡玩。

這時大家忽然降低音量，走在前面的隊員退到左右兩側，讓出一條路。

沃爾弗疑惑地抬頭，只見一人身穿魔導部隊的黑袍，和人群呈反方向走來。

「嗨，沃爾弗雷德，聽說演習提早結束了。」

那個笑盈盈的人正是沃爾弗的哥哥，也是魔導部隊的中隊長，古伊德・斯卡法洛特。

「哥哥！您怎麼來了？」

沃爾弗既未和古伊德有約，也沒有收到通知信。會不會是父親或他另一個哥哥發生什麼事了？他慌張地問完，周圍的人一同望向他。

古伊德有著偏藍的銀髮和藍眸，和沃爾弗一點都不像。如果他不說，應該沒有人會認為他們是兄弟。

「抱歉來得這麼突然。你待會兒有事嗎？」

「不，沒什麼事。」

「我發現有間店的岩牡蠣很好吃，要不要一起去？我聽說你們演習結束，想在離開王城前跟你打聲招呼。」

「謝謝，那就一起去吧。」

「好，先換過衣服再去。不用急，我在辦公室整理文件等你。」

周圍的騎士好奇地盯著這名眉開眼笑的男子。

古伊德毫不介意他們的視線，望向弟弟身旁的人。

「二位是古德溫和巴提吧？感謝你們平日對舍弟的照顧，歡迎你們下次來沃爾弗雷德的宅邸玩。」

「這是我的榮幸。」

「感謝邀請。」

兩人點頭致意，古伊德回以微笑後，再度對沃爾弗說了些話，就沿著來路離開。

「沃爾弗，剛剛那位是你哥哥……古伊德大人對吧？」

「沒錯。」

他們倆長得完全不像，也難怪多利諾會這麼問。沃爾弗望向多利諾，只見對方疑惑地歪著頭。

「怎麼了？」

「沒事，只是覺得原來他在你——在弟弟面前，也會露出哥哥的樣子。我之前見到他在演習中率領魔導部隊，有種……『沉著冷靜的冰魔導師！』的感覺，不像剛才那麼溫和。」

「畢竟他當時是在工作嘛。」

沃爾弗不久前對哥哥的印象其實也和多利諾一樣。

他很難向人說明自己最近才開始和哥哥交談。可是對妲莉亞就能坦白。

「沃爾弗，模型劍給我。我來收拾，你先走吧。不能讓你哥哥等太久。」

「謝謝你，蘭道夫。那就麻煩你了。」

沃爾弗交出模型劍後，快步走向軍營。

「喂，他哪裡像『被家人排除在外』？明明感情就這麼好。」

「他哥還特地來這裡邀他……連我哥都不會這樣。」

「是誰說他們母親不同，所以感情不睦的？」

第一騎士團的團員從後方走來，竊竊私語。

「他剛剛是不是有提到『沃爾弗雷德的宅邸』？」

「但我聽說沃爾弗雷德都住在軍營，沒有回家……」

多利諾和蘭道夫同時面向後方，對那群講閒話的人說：

「赤鎧出生入死，自然會想和家人保持距離。誰想動不動害家人擔心啊？」

「沃爾弗不是回不了家。他只是想多留點時間訓練，才會經常住在軍營。」

騎士們越聽臉色越難看，這時一名年輕隊員來到蘭道夫身旁。

「沃爾弗前輩被飛龍抓走時，斯卡法洛特家也有派幾位魔導師參與搜索。『被排除在外』是無稽之談。」

「可是……他都不參加斯卡法洛特家的茶會。」

「其他家族邀他參加舞會或晚宴，他也都不會出席。」

「我們部隊和你們不一樣，需要臨時出動去遠征，沒辦法答應茶會或舞會的邀約。當天取消更失禮吧？除非真的有空，否則我也不會參加。我們隊上能參加的人很少。對吧，前輩們？」

「對啊，我也沒辦法答應太久以後的邀約。」

「我也只有重要聚會，或確定休假時才會參加。」

魔物討伐部隊的隊員們紛紛幫腔。

「就是這麼回事。畢竟魔物可不會配合我們的行程。」

寇克說完，緩緩瞇起綠眸。明明沒風，他的頭髮卻動了起來。

「……第一騎士團的前輩們，可以問你們一個問題嗎？」

「什麼？你說說看。」

「斯卡法洛特家族確定會在古伊德大人這一代升為侯爵。古伊德大人最疼沃爾弗前輩，你們圍攻他，不怕以後遇到麻煩嗎？」

「你！」

「沃爾弗前輩不像是會向哥哥告狀的人，我們隊上應該也沒人會去找古伊德大人說這種事情。不過遠方的建築物裡，有一些來看沃爾弗前輩的千金小姐和女僕，她們目睹了整場演習。希望不會有奇怪的謠言傳到大人耳裡。」

寇克望向幾棟頗高的建築。窗邊站了些女人，從這裡也清晰可見。

「……唔！」

騎士們說不出話，寇克笑著繼續說道：

「聽說新型的『望遠鏡』可以看得很清楚喔。」

騎士們情緒低迷到彷彿送葬隊伍。寇克等人背對著他們，進入魔物討伐部隊大樓所在的區域。

確定對方聽不見後，幾個人不約而同地笑出聲來。

「雷歐納迪，說得好！」

「你是最棒的後輩！」

周圍的人用力拍了拍寇克的背。

這陣稱讚結束後，蘭道夫將手放在寇克肩上。

「寇克，今天我請你喝酒。」

「謝謝蘭道夫前輩，那我就不客氣了。」

「雷歐納迪，你看上去滿乖巧的，沒想到這麼厲害。」

「巴提前輩，請叫我寇克。」

「那你也叫我多利諾吧。」

「多利諾前輩，其實我剛剛超緊張的。不，現在好像還在緊張……」

他張開的手掌微微顫抖，額上滿是汗水。整理完模型劍後，他甩了甩仍帶有緊繃感的手。

身後還聽得到一些隊員的笑聲。

「寇克，你後悔自己太衝動了嗎？還是擔心會波及到家人？」

「不，我不後悔，家人應該也不會有事。」

「你出身子爵之家嗎？」

寇克點了點頭後，多利諾在他耳邊低語。

「第一騎士團的人要是對你說或做了什麼，儘管說出來。隊上的兄弟一定替你處理。」

「謝謝，若發生什麼事我會找你們商量的。因為……被我外公知道可能會有點麻煩。」

寇克露出苦惱表情，多利諾疑惑地望著他。

「嗯？你外公怎麼了嗎？」

「請前輩不要說出去……我母親是前任侯爵的小女兒。外公經常會偷偷來我們家見我母親……」

世界真小。

多利諾拍了拍後輩的肩，開始聊起等等要去的店。

哥哥與岩牡蠣

貴族街的一角，有間白磚配上藍色裝飾的三層樓店家。

沃爾弗和哥哥古伊德在三樓的一間包廂，隔著桌子對坐。窗外是寬闊庭院的花花草草，以及貴族街的燈火。

自己這身衣服在這間店似乎不夠正式。沃爾弗反省了一下，伸手想將外套的釦子扣起。

「沃爾弗雷德，放輕鬆。我就是因為這樣才訂包廂的。」

古伊德脫下深藍外套，掛在椅背上。他的侍從見到應該會連忙阻止，但現在包廂裡只有沃爾弗、古伊德和一名服務生。

服務生為他們倒完白酒後，古伊德率先舉起酒杯。

「很高興終於能跟你一起喝酒。為久違的兄弟聚餐，乾杯。」

「祈求明日的健康與幸運，乾杯。」

酒杯碰撞的聲音特別響亮。沃爾弗喝了口白酒，酒感又輕又柔，用來療癒乾渴的喉嚨正合適。

「我遠遠看到了你們演習的情況，今天的你就像在玩『鬼抓人』呢。」

「我今天負責攪亂對方陣形。」

沃爾弗不敢說自己因為感情私怨而被盯上，只能曖昧地笑笑。

哥哥以微妙的笑容看著這樣的他。

「……你從小就很會玩鬼抓人，我們四個人還曾在後院追來追去。」

「……我想起來了，我們有在本邸的庭院玩過。」

「法比歐為了追你摔了一大跤，艾路德也哭著說『我明明認真逃了，還是被沃爾弗抓到！』……」

沃爾弗想起和哥哥們玩的鬼抓人。

長子古伊德、已故的法比歐、如今在國境工作的艾路德。

他和三個哥哥相差幾歲，但他們有時還是會陪年幼的他玩。

遺忘的回憶鮮明浮現，令他感到十分懷念。

「我們還有一次在親戚婚禮前玩鬼抓人，四個人都被罵得很慘……」

沃爾弗搜尋童年記憶，想起他們有次因為婚禮前的等待時間太長，而偷偷溜到院子玩鬼抓人。

接著又想起四兄弟玩得正起勁時，被來找他們的母親發現。

「我記得那時候剛下過雨……我們玩到禮服上都是泥巴……」

「對啊，凡妮莎夫人好生氣。沒想到我都十四歲了，還被打屁股。」

「哥哥也被打了嗎？」

「是啊，當時所有人都被打了，法比歐和艾路德也是。我母親特別准許凡妮莎夫人教訓我們。她力氣很大，打人滿痛的……她按照我們的年紀來打，我被打最多下。後來有一陣子連坐椅子都很痛。」

沃爾弗記得自己被母親打屁股打到哭，沒想到連哥哥們也是。

他猶豫著不知該不該笑，古伊德笑著替他將酒杯斟滿。沃爾弗道謝後也為哥哥倒酒，接著終於脫下外套。

「抱歉這麼晚才道謝，謝謝哥哥今天邀我出來。」

「因為我聽說了第一騎士團的事，忍不住想見你一面。」

「不好意思，讓您費心了。」

「不會，只是我情緒上有點起伏……說白了就是『生氣』。」

沃爾弗沒想到哥哥會這麼說，停下喝酒的動作。看來古伊德已經知道他在這次演習中被針對。

「身為騎士，竟然想合力讓某人受傷，太荒謬了。理由也很奇怪。」

「這……」

這是沃爾弗印象中第一次見到古伊德生氣。他想說點什麼，卻想不出適合的話。

「他們到底把我弟弟、把斯卡法洛特家當什麼了？我至今之所以和你保持距離，純粹是因為自己太怯懦，你一點錯都沒有。」

「哥哥也沒有錯。」

「……抱歉。還是別說這個吧，晚餐都要變難吃了。」

他們倒光第一瓶酒時，服務生端來第一道菜。

「好大。」

沃爾弗忍不住發出驚嘆。

「看來今年的岩牡蠣品質不錯。」

盤子上的岩牡蠣比手掌還大。

牡蠣上方的殼已被剝除，乳白色的牡蠣泛著光澤。

沃爾弗拿起盤上附的檸檬，多擠了點檸檬汁，用餐刀將牡蠣和殼分離後，送至嘴邊，小心不讓湯汁溢出。

咬下去那瞬間，牡蠣的濃郁滋味和甜味便在嘴裡擴散。

嚼著嚼著，還能感受到大海香氣和牡蠣各部位的味道。

雖然不像冬天的牡蠣一樣有濃濃牛奶感，味道仍十分濃郁，也很有嚼勁。不加鹽也有海的鹹味，味道剛剛好。

這牡蠣應該很新鮮，就算不搭配白酒一起吃也感覺不到腥味。

冬天的牡蠣固然好，但這種夏季牡蠣沃爾弗也很喜歡。

「怎麼樣？」

古伊德似乎也很喜歡，他愉快地拿起牡蠣，用餐刀切開。

「很好吃。」

「太好了，再加點吧。此外你想要烤牡蠣還是奶油煎牡蠣？」

「生牡蠣就這麼好吃了，讓人有點難以抉擇。」

「那就兩種都點，再加點一瓶酒。」

哥哥喜孜孜地向服務生加點菜餚，並念出一串長長的酒名。

沃爾弗吃著第二顆牡蠣，想起了妲莉亞。

他們倆還沒一起吃過牡蠣。如果妲莉亞也喜歡，可以找時間一起去吃。

共同品嚐夏季和冬季的牡蠣料理，感受兩者的差異也不錯。

想著想著，酒杯就空了。

「沃爾弗雷德真會喝。你是王蛇（king snake）嗎？」

「隊友都說我是大海蛇（sea serpet）。」

哥哥舉出用來比喻酒豪的詞，沃爾弗猶豫了一會兒，說自己是「基本上不會醉」的大海蛇。

「大海蛇……你這麼會喝，一定是遺傳自凡妮莎夫人。」

「是嗎？我不記得母親會喝酒……」

「晚餐時你們總是用一樣的杯子，你喝葡萄汁，她喝紅酒。她都會一次把整杯酒喝完，杯子常是空的，侍者都不知該在什麼時候幫她倒酒……」

「我母親……」

母親喝起酒來竟這麼豪爽，他聽了差點嗆到。

到底怎麼喝，可以一次把整杯酒喝完？簡直和乾杯沒兩樣。

「有一次你想學她一口氣喝光葡萄汁，結果被葡萄汁嗆到……後來大家都會阻止你這麼做。」

「……我不記得了。」

他覺得很難為情，勉強擠出聲音回應。古伊德露出有點苦惱的笑容。

「……你會不會不喜歡我和你聊凡妮莎夫人的事？」

「不會，我有點驚訝，但也很開心。因為我比較記得她當騎士的模樣。」

「也對，凡妮莎夫人真的很帥。」

他很高興哥哥沒有用「美」，而用「帥」來形容他母親。

之後兄弟倆繼續喝著酒，享用牡蠣料理。

悠閒吃完晚餐後，沃爾弗接過一只新的酒杯。

遞酒杯的是哥哥的侍從。服務生不知何時已離開包廂，換鏽色頭髮的侍從進來。

古伊德點的那個名字很長的酒原來是紅酒。

侍從為他們倒酒，那種酒有著甜美華麗的香氣，酒味卻厚重而刺激。餘韻留在口中久久不散。

「稀奇吧？人們很容易被它的香氣所騙，它其實是乾型酒。」

沃爾弗心裡想的似乎全寫在臉上，古伊德搶在他開口前說明。

「感覺真奇妙。這種酒叫什麼名字？」

「『柔弱佳人一見傾心，嫁作吾妻卻轉剛強』……聽起來不像酒名，而且我也不敢在妻子面前點這種酒。」

「這名字只要聽過一次就不會忘記呢。」

「據說釀酒師因為懷念亡妻而開發了這款酒。她肯定是位好太太。」

沃爾弗很難評論這個名字是好還是不好。

不過，這讓他理解為什麼這種酒會有美豔的紅色、香甜的氣息及留在舌尖上的酒味。

「……沃爾弗雷德，不好意思，現在才要進入今天的正題。有件事我想向你道歉。」

「如果是上次那件事就不必了。」

「不，是另一件事。昨天讓你和羅塞堤商會長感到不安，我很抱歉。」

意外的話語令他忘了酒味。

「那是哥哥的人？」

「對……我命令護衛確保你們外出時的安全，沒想到卻嚇到你們。早知道應該先跟你說一聲。」

「原來是這麼回事……」

他一直很在意自己和妲莉亞從南區返家時，是誰在跟蹤他們。知道是哥哥派的人後，他鬆了口氣，但也疑惑哥哥為何要做這種未曾做過的事。

「為什麼突然這麼做？」

「我知道你很強。你若獨自遇到危險，可能還能應付，但要戰鬥又要保護別人，有時是很困難的……所以我有點擔心。」

「原來是這樣……」

想到自己可能得在危險時邊戰鬥邊保護妲莉亞，沃爾弗確實會害怕。

他從未想過要帶護衛，但有些地方或許帶著護衛去會比較安心。哥哥彷彿看透他的想法般說：

「如果需要護衛，儘管跟宅邸的人說。」

「謝謝。」

「另外，我最近決定以家族名義設立接送馬車的馬場。位置在西區邊緣，剛好在綠塔附近，那裡有一塊待售的土地，我當作投資買下了。」

哥哥語速變快，別開藍眸沒有看他。

西區邊緣人很少，在那裡設立接送馬車的馬場根本不划算。

「哥哥。」

「沃爾弗雷德，你想想，有了馬行動起來不是更方便嗎？從王城到西區也有一段距離。我會在那裡設置馬和馬車，你可以自由用來往返王城，或去其他區域。建築物還要一段時間才能蓋好，我會命人搭建臨時小屋，再過一週馬匹就能進駐。」

哥哥笑著說明。他的用意這麼明顯，沃爾弗不可能沒注意到。

「哥哥，你是不是派人觀察了我從遠征歸來後的所有行動？」

「……對。」

沃爾弗似乎在討伐完鷹身女妖隔天，在去綠塔的路上就被跟蹤了。

他當時沉浸在要去見妲莉亞的興奮情緒中，完全沒發現。

「感謝您的用心，我會好好使用那些馬匹的。不過，我和羅塞堤商會長在一起時，希望您盡量別打擾我們……」

「真的很抱歉……」

沃爾弗毫無起伏的聲音使氣氛變得有些尷尬。

兩人沉默了一會兒後，古伊德輕咳了聲。

「我還有一個東西要交給你。」

站在一旁的侍從打開黑色皮盒，拿出一捲羊皮紙，輕放在沃爾弗面前的桌子上。

「這是羅塞堤商會長的背景調查書。」

「您調查過妲莉亞了？」

「對，為了確保你的安全。」

古伊德果決地說完，用那雙神似父親的藍眸注視沃爾弗。

「她真是位認真而熱衷於研究的小姐，過去沒有任何醜聞。」

「這是當然的，妲莉亞她——」

「直到悔婚後立刻和你交往為止。」

沃爾弗可以想像外人都在說什麼閒話，也知道原因出在自己身上。但他還是對妲莉亞被人中傷一事感到氣憤。

「妲莉亞是我的朋友。所有惡評都是因我而起，她沒有錯。」

他直視哥哥的眼睛說完，對方不知為何微微一笑，點了點頭。

「她是一位能幹的魔導具師，熱衷於研究，個性認真，是你重要的朋友。我是這麼理解的。」

「……謝謝。」

「這份文件你要帶回去嗎？」

「我不需要。若有想知道的事，我會問她本人。」

「就知道你會這麼說。那你收下這個就好。」

古伊德將一張摺起來的紙條遞給他。

「裡面有很多是就讀學院時的資訊，不知道現在還正不正確。不過應該能稍作參考。」

「喜歡的顏色：白色、水藍色……喜歡的點心：烤起司蛋糕……」

紙條上寫著妲莉亞喜歡的食物、排斥的東西、在餐廳常吃的餐點等等。

知道這些資訊的人應該和妲莉亞很熟。他很在意這是從哪裡問來的。

「哥哥，這是哪裡來的？」

「……是我請諜報部的人調查的。」

「什麼？」

這意外的回答令沃爾弗張大嘴巴好幾秒。

他明白哥哥為了確保自己的安全，而想查明妲莉亞的身分，這些資料應該也是調查過程中得到的。但這種事怎麼能請國家的諜報部調查？

還有，哥哥到底花了多少錢，或者付出了什麼代價？他感到很不安。

「哥哥，你做了什麼？」

「沒什麼，我在諜報部有熟人，對方破例幫我這個忙。我沒用什麼強硬的手段。」

「沒必要做到這樣……」

「不，我認為還是事先掌握女生的喜好比較好。要是她強顏歡笑，配合你吃不喜歡吃的東西，或者你送了她整屋子的花，結果是她不喜歡的味道，你事後知道一定會很後悔。」

「哥哥……」

「……希望你好好運用哥哥的經驗。」

古伊德幽幽地說。沃爾弗向他低頭道謝，將紙條收進上衣口袋。

「再來，你要的『妖精結晶』我已經買到了，明天就能派人送去。下次又有人採集到的話，我再幫你買。」

「謝謝，我之後再付錢給您。」

「不用了，給哥哥一點面子吧。這十多年來我什麼都沒為你做。」

謝。

「……謝謝，那我就不客氣了。」

沃爾弗覺得自己今天一天已經接受了莫大的恩惠，但在哥哥誠摯拜託下，他再次低頭道謝。

他想回禮給哥哥，可是想不到該送什麼，也不知道哥哥的喜好，便決定直接詢問對方。

「雖然有很多東西我都買不起，但哥哥有沒有什麼想要的？」

「想要的……我想到一件事。如果你願意，我想像以前一樣叫你『沃爾弗』。」

「什麼？」

意料之外的話語使沃爾弗驚訝到破音。

小時候哥哥確實這麼叫他，但哥哥突然說想改回這個稱呼，他還是有點害羞。

「那個……您可以這麼叫，不用問我的意見……」

「好，你也可以像以前一樣，叫我古伊德『葛格』。」

「饒了我吧……」

見沃爾弗不禁皺眉，哥哥大笑了起來。

「對了，你說以後想降為平民，是認真的嗎？」

「對，我有朝一日會這麼做。」

「接下來這些話有些刺耳，但希望你仔細聽我說。這件事對你來說沒那麼簡單。」

哥哥忽然改變語氣，沃爾弗也跟著嚴肅了起來。

「現在追求你的人就很多了，萬一你失去斯卡法洛特家的光環，可能會有更多人想趁此機會追求你，或對你動手。」

「我認為自己離家後就沒這麼大的價值了。」

「現在你什麼都沒做，還不是有一些單方面追求你的人，或逕自對你心懷怨恨的人？」

「這……」

這確實是沃爾弗切身的體驗，他不知如何回答。

「你降為平民後，這種事會越來越多，而且他們可能會連帶攻擊你未來的家人或重要的人。到時候你若沒有足夠的力量，就無法守護重要的人。」

「力量……」

他原以為自己離開斯卡法洛特家後，一切就結束了。

哪天真要到民間生活，只要有妖精結晶眼鏡就沒問題，看是要繼續當騎士還是找份工作，總之有一定積蓄就能過活。

他沒想過自己拋棄貴族身分後，可能還會有人對他窮追猛打，甚至波及他親近的人、重要的人。

沃爾弗意識到自己的想法竟如此幼稚淺薄，啞口無言。

「如果可以讓羅塞堤商會長成為我們親戚的養女，或嫁給你為妻，會比較安全……」

「我和妲莉亞不是那種關係。她是魔導具師，也是羅塞堤商會的商會長。既不會改名，也不會改變職業。我也不希望她這樣。」

他極力否認哥哥對他們的誤會，但古伊德沒有退讓。

「你們都還年輕，關係可能會改變。或許有一天，你會想和羅塞堤商會長共度往後的人生。」

「我的確想以朋友身分一直陪在她身邊，也想在商會工作上支持她。但我們已經說好要當朋友。」

他說話的同時，胸口感到一陣沉痛。

自從他們說好要當朋友那天後，他和妲莉亞的距離又拉近許多。

如果現在的他降為平民，必定會使她捲入麻煩之中。他現在沒有足夠的力量阻擋這些傷害。

「沃爾弗，我不是說你一定不能去民間生活，只是希望你為了自身安全，慎重考慮這件事。」

「謝謝，是我想得太簡單了。我會銘記在心的。」

「不，這也要怪我和父親從來沒給你任何建議。如果有什麼困擾或迷惘，儘管找我商量。」

「好的，有事的話我會找您商量。」

沃爾弗這麼說完，古伊德露出哥哥的笑容點了頭。

幕間 懦夫的贖罪

夜深了，古伊德將馬車讓給要回軍營的沃爾弗，自己留在店內。

剛才配合弟弟的速度喝酒，似乎喝得有點過量了。但他很久沒感受到這麼舒服的微醺感。

笑著道別離去的弟弟已經長得比他還高了。

他搜尋記憶，仍想不起自己是什麼時候被追過的，胸口隱隱作痛。

斯卡法洛特家的長子古伊德有三個弟弟。

二夫人之子，次子法比歐。

與自己同母的三子艾路德。

以及三夫人之子，四子沃爾弗雷德。

即使年紀差很多，母親也不同，四兄弟感情依然很好。

母親們的感情也不錯。比起工作繁忙、不常在家的父親，兒子們和三位母親更親近。

父親雷納托要娶三夫人時，古伊德正在念初等學院。

他聽到消息後不怎麼驚訝。當時已有風聲傳出，他們家將在他這一代從伯爵升為侯爵。他認為父親應該是要和某個高階貴族建立關係。

然而，初次見到三夫人凡妮莎那天，他感到驚訝不已。

她父親是僅限一代的男爵，但她本身是平民，而且是位年輕的女騎士。

她有著黑檀般的亮麗秀髮、雪白的肌膚、神祕的黑眸，以及人偶般的端正容貌——儘管她美豔動人，但家世和斯卡法洛特家並不相稱。她甚至不是任何高階貴族的養女。

父親細心護送凡妮莎的模樣讓古伊德看傻了眼，沒想到父親一把年紀還會墜入愛河。

他後來聽說，凡妮莎是公爵夫人艾特雅．加斯托尼的護衛騎士，不但擅長冰魔法，還能變出冰劍，他也就多少能釋懷了。

不過，次子法比歐仍無法接受。

法比歐其實想當個騎士，而非魔導師。對於父親娶新妻的事也耿耿於懷。

凡妮莎住進他們家以後，法比歐有一次竟對她說：「如果妳真的是騎士，就跟我較量較量。」

古伊德也半開玩笑地說：「我也一直想和魔法騎士來場模擬戰。」
艾路德因為正好和兩個哥哥在一起，什麼都沒說就被捲入其中。他後來向哥哥們抱怨這件事，哥哥們只好拿零用錢買魔導書給他。

「我不知道該跟誰先較量，因為有可能一回合就結束了。」
聽完法比歐語帶嘲諷的要求，凡妮莎點點頭，露出美麗的笑容說道：
「所以你們三個一起上吧。」
三兄弟都還是小男孩。他們出生在斯卡法洛特家，自懂事起就接受魔法訓練，對水魔法能力多少有點自信。
法比歐更是小小年紀就學習劍術，具備一定水準。
他們認為三人一起出擊絕對不會輸，氣勢洶洶地衝過去。沒想到凡妮莎竟在後院將他們一次打倒，毫不客氣地打倒，完全打倒。
慘輸的模樣令人發笑。
凡妮莎避開三兄弟的劍和水魔法，踩在他們變出的冰上，躍至空中，出其不意地舉起拳頭落在他們頭上。她徒手戰鬥，連模型劍都沒有用。
短短幾分鐘後，三個人全抱著頭縮在地上。

後來，她還淡淡地教訓他們：「身為斯卡法洛特家的男孩，這種程度怎麼行？」古伊德感到很不甘，但也打從心底覺得她真是個帥氣的女人。

三兄弟隔天一大早就被拖出來訓練，令他大感吃不消。

凡妮莎要他們跑步以增強體力，說他們是斯卡法洛特家的男孩，要他們從基礎戰鬥開始學起。每天肌肉痠痛的生活就此展開，古伊德有點怨恨許可此事的父親。

兩位母親只是面帶微笑地看他們練習。

不過法比歐倒是很開心能向凡妮莎學習劍術。

順帶一提，連訓練時守在一旁以防出事的騎士們後來也紛紛加入訓練。

即使是那些騎士，有時也會輸給凡妮莎，古伊德這才理解到她真的很強。

凡妮莎和孩子們愈走愈近，她的個性說好聽點是表裡如一，說難聽點是太過直率。

她往往會將別人的話當真，不擅長解讀話語背後的意思。

這樣一位不像貴族的正直女性——但正因如此，他們三兄弟才能敞開心胸和她聊天。

隔年，她和父親生下沃爾弗雷德。

他和凡妮莎很像，有著黑髮金眸和雪白肌膚，像天使一樣可愛。

古伊德偷偷對法比歐和艾路德說不是妹妹有點可惜。但他們說好要一輩子對沃爾弗雷德保守這個祕密──還笑著說要一起保護這個可愛的弟弟。

身為大哥的他也有些自負，想要保護三個弟弟。

父親同樣極為疼愛沃爾弗雷德。

儘管他每天從早晨工作到深夜，仍會在夜裡去看小兒子一眼。

「雷納托老爺每次進房間都不點燈，還壓低呼吸聲，教人分不出是他還是壞人。」凡妮莎苦惱地這麼說，古伊德和母親們聽了一同大笑。

沃爾弗雷德日漸長大。

三個哥哥開始習慣叫他「沃爾弗」。

他們雖然忙於學院的課業和貴族教育，但也很常在一起玩。

遺憾的是，沃爾弗並沒有斯卡法洛特家常見的水魔法，只有身體強化魔法。

「身為斯卡法洛特家的成員卻沒有水魔法，真可惜。」「真不知道他像誰。」

有些人說了這樣傷人的話。

沃爾弗年紀還小，聽不太懂，古伊德都會代他向對方抗議。不過因為他也是小孩，對方通常只會敷衍他幾句。

三位哥哥發誓，如果沃爾弗長大後還被人這樣說，他們一定會堅決向對方表達不滿。

後來，古伊德花在學習成為上級魔導師和伯爵繼承人的時間變多了。

他過著充實的日子，弟弟們也越來越忙。

法比歐對劍術越發熱衷，天天和護衛騎士對打。

艾路德想學好水魔法和冰魔法，認真念書做研究。

沃爾弗活用身體強化，向母親學習騎士戰鬥技巧。

對古伊德來說，三個弟弟都有其可愛之處。

他不知道生活從何時開始出了問題。

自從他進高等學院後，二夫人就常因身體不適而回娘家療養。

他只希望二夫人早日康復，從未懷疑她為何要回娘家、為什麼那麼頻繁。

現在回想起來，當時就該有人注意到這件事。

那一天，母親帶著古伊德，凡妮莎帶著沃爾弗，碰巧就他們四個人一同前往領地。他還期待著能和弟弟一起騎馬。

馬車被襲擊時，古伊德既震驚又恐懼。

但他絲毫沒有懷疑這可能是家人或親戚做的。

盜賊人數太多，自己有可能會被殺──他因恐懼和不安而動彈不得，母親也使勁將他抱緊。

「沒事，有護衛騎士保護我們。」母親雖然這麼說，身體卻抖得比古伊德還厲害。

他沒有推開母親的手。

外頭安靜下來，他才出外查看，這時一切都已經結束了。

凡妮莎倒在地上斷成兩截。沃爾弗在血泊中爬行，仍想繼續戰鬥。騎士們倒地沒了呼吸。

古伊德用冰魔法逮住剩下幾名敵人，交由倖存的騎士綁縛起來。

好不容易回到王都的宅邸，他生平第一次見到父親震怒的樣子。

「不原諒……我絕不原諒！」

父親發出冰冷怒吼，緊握的右拳流出血來，變成紅色冰塊掉落在地。

空中刮起白色冰晶，掩蓋了所有聲音。

房間裡的傭人們被吹得東倒西歪，有的騎士膝蓋跪地，有的騎士不禁做出防禦姿勢。

面對父親的威嚇與殺氣，古伊德也顫抖到牙齒打顫，說不出話。

襲擊者是二夫人父親的手下——父親查明真相後立刻行動。

他率領魔導師下屬中的幾名精銳前往二夫人的娘家。

古伊德不曉得父親做了什麼。

隔天便傳來消息，二夫人的父親病死，當家之位由其長子繼承。

法比歐也在同一天失蹤。

他騎馬遠行時，在途中和護衛騎士走散。

據說他落馬而亡，遺體在深夜運回家。古伊德見到那比蠟還白、和大理石一樣硬的臉龐，便明白他是服毒而死。

古伊德不敢問他的死究竟是自殺，還是父親的命令。

到現在仍不敢開口問。

法比歐葬禮當天，有名騎士也跟著殉死。他正是遠行時和法比歐走散的護衛騎士，跟了法比歐很多年。

二夫人失去父親和兒子，在那名護衛騎士的遺體面前淚流不止，父親見她這樣一句話也沒說。

後來，二夫人說要進修道院便離開宅邸，古伊德再也沒見過她。

不知何時起，古伊德開始反覆作著那天的惡夢。

他受惡夢所苦，醒了就吐，幾乎食不下嚥。

母親很擔心他，但就連母親一靠近，他都覺得痛苦。因為每次見到母親，他就會想起那天軟弱的自己。

而母親見到沃爾弗，也開始出現僵住或昏倒的狀況。或許是因罪惡感太過強烈的緣故。

在父親的命令下，沃爾弗和部分女僕搬到別邸。

同一天，艾路德說想多留點時間學習並研究魔法，也搬進學院宿舍。

宅邸變得悄然無聲的夜晚，古伊德不經意地走向法比歐的房間。

他總覺得弟弟還在房裡揮著模型劍，只要自己一喊，弟弟就會出來，這讓他無比難受。

過於整齊的房間裡一個人都沒有。

桌上只放著古伊德借他的魔物圖鑑。古伊德無意間發現書頁之間夾了一張紙。

法比歐在紙上以不同於平時的工整字跡寫了一行字。

「古伊德大人，謝謝您。」

既不是哥哥，也不是古伊德大哥。而是加了敬稱的名字。

看來自己連被叫哥哥的資格都沒有了。

理解到這點後，古伊德的手和紙條瞬間化為冰塊。

乾脆讓自己全身凍結，向弟弟謝罪吧——他無法拋開這愚蠢的想法，身上的冰越變越厚，這時他的友人兼侍從衝進房間，揍了他一頓。

友人下手並不留情。古伊德被打到吐血，當場喝下回復藥水。

古伊德對友人亂發脾氣、大哭、訴說這一切——友人默默聽完後，用烈酒將他灌醉。

隔天中午，他忍著頭痛起床，鏽色頭髮的侍從對他說：

「早安，古伊德．斯卡法洛特大人。」

侍從平時都叫他「古伊德大人」，如今卻喊他的全名。

這讓他意識到，自己不只是「古伊德」而已。

他是古伊德．斯卡法洛特，是斯卡法洛特伯爵家的長子。

他害凡妮莎被殺，害沃爾弗哭泣，將法比歐逼到絕境，將其母趕出家門，害許多騎士犧牲，自己活了下來。

就算活得再難堪，再齷齪，他仍是斯卡法洛特家的繼承人。

他的身分不適合大哭大鬧。不，他不會再允許自己這麼做。

只要獲得更強的力量，更不可撼動的權力，就不會再發生同樣的事。

此後他唯一能做的，就是盡責地扮演斯卡法洛特家的長子——

古伊德抱著這個想法走到了今天。

喝下用來醒酒的冰水後，古伊德總算抬起視線。

他用冰冷的唇舌命令身旁的侍從。

「幫我調查今天在聯合演習中圍攻沃爾弗那些人的名字和家庭背景。若有未婚的人，也查清楚有沒有未婚妻。」

「好的，我會傳令下去。」

「我還要完整的參加者名單。也幫我調查第一……還有第二、第三騎士團和魔導部隊中，有哪些人可能對沃爾弗懷有私怨。」

「這點我也會轉達。」

男人點點頭，從古伊德旁邊走到他對面。

「古伊德大人，不好意思，能和您談一下嗎？」

對方是他多年的侍從，也是他從學院時代就認識的友人。表情看起來十分嚴肅，鏽色眼眸裡透著些許怒意。

「沒問題，約納斯。我大概知道你要說什麼。這裡只有我們倆，你放輕鬆坐著說。」

「……好。」

約納斯在對面的椅子坐下，用比髮色更深的鏽色雙眸直視古伊德。

古伊德將酒杯放在他面前，為他斟滿紅酒。

「古伊德，就算是在王城中騎士團專屬的區域，也別單獨行動。魔導部隊的護衛們找你找得要瘋了。」

「我太生氣了，下次會注意的。」

「確定會升為侯爵後，嫉妒你的人也變多了。你真的要小心。」

「好，我知道。」

「真是的，把外套掛在椅子上，還用手吃牡蠣，令堂看到不知道會怎麼說……」

隨意掛在椅子上的外套、不習慣拿牡蠣而被殼刮傷的指尖——約納斯敏銳的觀察力在這種時候總有點煩人。

「拜託幫我保密，我是想讓沃爾弗放輕鬆說話。不過有一部分也是因為我很想嘗試這些事。」

古伊德露出惡作劇般的笑容說完，約納斯依然板著臉，但終於喝了口酒。

「對了，你覺得這餐如何？吃得下嗎？」

「肉還滿好吃的。牡蠣的味道……我吃不太出來。」

約納斯沒說謊，但含糊帶過。

古伊德剛才安排他在另一間包廂用餐，看來他不怎麼喜歡牡蠣。可能是因為感受不到牡蠣的味道。

「我下次想帶沃爾弗去吃好吃的牛肉。你要不要一起去？」

「我會以護衛身分同行。」

「反正是包廂，你就跟我們一起坐吧。」

「古伊德，連你和沃爾弗雷德大人單獨在包廂用餐，我都很反對。沃爾弗雷德大人是斯卡法洛特家第三順位的繼承人，萬一你遭遇不測……」

「你的意思是，沃爾弗可能會為了得到侯爵地位而傷害我？」

「應該不會，但你還是要考慮自己的立場和安全。」

「只要是沃爾弗的願望，我都想為他實現——」

「古伊德！」

「開玩笑的。」

古伊德乾笑了兩聲，望向窗外的漆黑夜景。

「要是那天沃爾弗沒有保護我，我現在就不在這裡了。」

那天的惡夢他不曉得作了多少次。

即使不再作惡夢，他也絕對不會忘記。

那天，幼小的弟弟在血泊中爬行。

他已失去右手右腳，用見骨的左手握著劍，仍想往前爬。

在斷氣的母親身旁獨自戰鬥。

古伊德後來去神殿，見到年幼的弟弟在睡夢中流淚。

他的軟弱讓弟弟失去了一切——古伊德承受不住罪惡感，不敢抱沃爾弗，也沒有安慰他，

認為自己再也沒臉見他便落荒而逃。

一直逃，一直逃，將年幼的弟弟一個人推入孤獨與惡夢之中。

古伊德很清楚最該被責備的人是誰。

不是娶了三名妻子的父親。

不是一心想保護兒子的母親。

不是被捲入娘家陰謀中的二夫人。

那一天，在那個地方，躲在堅固無比的馬車中，蜷縮在母親的溫暖懷抱中，像個幼兒般顫抖，沒有善用力量的是誰？被襲擊後，沒考慮二夫人之子法比歐的處境，不和艾路德說話，因罪惡感而逃離沃爾弗身邊的又是誰？

一切的元凶，就是自己這個懦夫。

作一千次惡夢都還算太輕，後悔一萬次仍不能被原諒。

他是懦夫，犧牲弟弟和英勇的騎士們，自己毫髮無傷地活下來。

他認為自己理當被怨恨，弟弟想必鄙視他、厭惡他到極點。

然而，沃爾弗卻沒推開他的手，那麼他就沒什麼好顧慮的了。

不，即使將來有一天弟弟想甩開他，他也不會再放手。

「這次換我保護弟弟，這是理所當然的吧？」

這是被年幼弟弟保護的懦夫，唯一能贖罪的方式。

商會活動與各自的尊嚴

「現今正在運作的，大概就這些。」

妲莉亞來到商業公會，在羅塞堤商會租的辦公室中，聆聽伊凡諾做的業務報告。

他們與服飾公會、冒險者公會談妥合作方案後過了兩週。服飾公會幾乎已建立好五趾襪和乾燥鞋墊的生產線。

這方面算是告一段落，接下來羅塞堤商會必須前往王城，進行初次交貨的拜會。雖然還有一段時間，但妲莉亞已感覺心情沉重。

「妲莉亞小姐，妳表情真憂鬱。」

「因為上次發生那種事……」

妲莉亞上次去王城拜訪魔物討伐部隊時，聊到足癬防治方法，最後還身陷足癬疑雲。她顧不得其他隊員在場，向沃爾弗大聲反駁：「我沒有得足癬！」

她很想將上次的會議當作初次拜會，卻不能這麼做。

「別擔心，當時沃爾弗先生應該只是想緩和氣氛才會那麼說，他們一定也已經忘了這回事。這次拜會只要照著規矩走就行了。」

「話雖如此，但這次還要遵循王城禮儀……」

「也對，我也得學會那些禮儀……」

兩人同時嘆氣。

他們上次在進城前一天拚命學習禮儀。

不過臨時抱佛腳還是露了餡，魔導部隊員蘭道夫悄悄指出她的錯誤。對方還建議她「可以向經常出入王城的商會請教」，她因而請嘉布列拉幫忙介紹。

有哪間經常出入王城的商會願意將經驗傳授給剛成立商會的她？她對此感到很不安。

「我剛才還收到神殿寄來的信和包裹。」

「神殿？我們有和神殿做交易嗎？」

「我之前曾通知神殿，我們會從五趾襪和鞋墊的利潤中，提撥一定比例捐獻給神殿，這是神殿回覆的感謝函。請看這個。」

「是魔封盒……」

伊凡諾拿出一個中型的銀色魔封盒。

「裡頭裝著我沒見過的白色魔石……妲莉亞小姐，妳看得出這是什麼嗎？」

魔封盒中裝著幾個純白的石頭。妲莉亞拿起其中一個，發現那魔石比外觀重而紮實，透出的魔力很像涼爽的微風。

「應該是『淨化魔石』……」

她聽說淨化魔石有點貴，很難大量購買。

「神殿該不會是想表達：與其販售五趾襪和鞋墊，不如用淨化魔石來治療足癬吧？」

「應該不是。我去神殿遞交捐獻清單時，對方顯得非常高興……」

神殿是不是對羅塞堤商會有什麼不滿？還是他們預定捐獻的金額有問題？她難以判斷。

「咦？妲莉亞小姐，魔封盒的蓋子上貼了東西。」

「是說明書嗎？」

伊凡諾從蓋子上拆下摺成四等分的小紙條。妲莉亞接過紙條，攤開閱讀。

「『淨化魔石也可治療足部疾病。無法前來神殿接受治療時，請使用魔石』……這是要我們將魔石轉交給魔物討伐部隊患有足癬的人吧？應該不是送給我個人吧？對方沒有誤會吧？」

「……我想沒有。」

妲莉亞連問了三句，但伊凡諾並未斬釘截鐵回答她的疑惑，還將視線從她身上移開。

她忍住想哭的衝動，拿起淨化魔石。

「……伊凡諾，你要嗎？」

「好！我很怕足癬復發。」

下屬坦率地接受了。

「請收下。」

「謝謝！」

妲莉亞將三顆魔石裝進皮袋，交給伊凡諾。她游移的視線碰巧停在對方的深藍雙眼下方，那裡明顯浮現一層青黑色。

「伊凡諾，你都冒黑眼圈了。今天起你就跟公會職員同一時間下班吧。」

「可是，要這麼做……有點困難。」

「不然就把速度再放緩。如果有非做不可的工作，就讓我幫忙吧。謄寫和記帳我都可以做。」

「這樣對妳來說負擔太重了。」

「不管誰病倒，結果都是一樣的。畢竟我們商會只有兩個人。」

伊凡諾望著玻璃窗，用指尖揉了揉眼睛。

「……好，我會量力而為。若有一方倒下，確實會拖累另一方。」

「嗯，再麻煩你。」

「我會暫時向公會僱用謄寫文件的人，同時盡快招募員工。若有不錯的人選，我看完履歷後就會僱為臨時工。可以等正式僱用前再請妳面試嗎？」

「沒問題。不過，總覺得你的工作還是比較多……」

「也沒那麼多。現在還不需要訓練員工，也不必負責顧客管理和商品管理。」

仔細想想，他們才剛起步。

羅塞堤商會現在只有妲莉亞和伊凡諾兩個人，與顧客往來時全是經由商業公會，無須直接交易。就連魔導具商品也是交付商業公會，或由服飾公會直接送至王城的魔物討伐部隊，令人十分感激。

想到未來可能增加的管理工作，她有些焦慮。

「想到未來就很興奮呢。」

「咦？」

聽見意外的話語，她不禁出聲詢問。

「商會的人和物品變多，氣氛會更活絡。希望商會未來能有自己的建築，如果還能有倉庫和直營店，商業規模就能再擴大。」

「你好像很開心。」

「當然啦，我是商人嘛。換成是妳……妳可以想像一下，假設今天有一座巨大倉庫，裡頭堆滿各種魔導具素材，妳可以自由使用，還能輕鬆取得稀有素材。不覺得很興奮嗎？」

「……的確會很興奮。」

伊凡諾換個角度描述自己的期待，妲莉亞終於聽懂了。

能透過更多方法完成自己想做的事固然可喜，但責任也會伴隨著可能性一同出現。

「妲莉亞小姐，妳有沒有想採購的素材？我這邊要訂羊皮紙，想在今天內把訂單整理好送出去。」

「我想訂幾樣素材，現在寫給你。」

上個月用的克拉肯膠帶比預想中多很多。有幾種史萊姆的庫存也變少了。她還想購入一些史萊姆用在之後的試做中。

・克拉肯膠帶　十卷

・魔封盒（銀）　中型三個

・綠史萊姆粉　五罐
・黃史萊姆粉　兩罐
・黑史萊姆粉　一隻份

妲莉亞每樣都訂得不多，問題在於黑史萊姆。

她姑且先寫了下來，但不知道黑史萊姆粉有沒有在市面上流通。

黑史萊姆粉因其性質的關係，必須裝在銀色魔封盒嚴格控管，運送時也要很小心。不過，她總覺得對方會以一句「無法取得黑史萊姆」打發掉她。

「對方搞不好會認為我在找碴……」

妲莉亞不禁喃喃自語。

正當她猶豫要不要劃兩條線將這項刪掉時，伊凡諾從她手中抽走紙條。

「伊凡諾，我還沒寫完。」

「對方如果沒進，我們就取消這項，向其他供應商訂購就好。我這就來寫正式訂單，送去奧蘭多商會，我剛好要去那裡領『妖精結晶』。別擔心，反正他們的素材很便宜。」

奧蘭多商會長依勒內歐答應她，可以讓她在這三年以進貨價格買進素材。既然對方都這麼說了，他們就多多利用。

妲莉亞被悔婚後並未對奧蘭多商會心懷芥蒂，但不用自己去進貨，她仍鬆了口氣。

「不好意思，本來應該由我去領的。」

「沒事，這是下屬的工作。『老闆』就好好和嘉布列拉小姐討論找商會諮詢的事吧。」

芥子色頭髮的男人笑著走出辦公室。

◆◆◆◆◆◆

妲莉亞等了一會兒，才見到副公會長嘉布列拉。

羅塞堤商會有向她預約，但前一位客人拖得久了些。

在等待過程中，妲莉亞一直在畫遠征用小型魔導爐的設計圖，沒有浪費時間。

「抱歉來晚了，妲莉亞。我和前面的商會談太久了。」

「不會，請別在意。是我一直麻煩您……」

「商會諮詢怎麼叫麻煩？這是我們公會該做的，妳有事儘管說。」

嘉布列拉坐在辦公室沙發上，顯得有些疲累。應該不只是因為她今天穿著偏暗的深藍洋裝。

她似乎和伊凡諾一樣，有太多公事纏身。

「關於學習王城禮儀的事，我問了兩間商會，兩間都答應了。一間是佐拉商會，另一間則是剛才和我談事情的巴托利尼商會。我推薦妳找佐拉商會，因為他們的商會長也是魔導具師。」

「佐拉商會長是魔導具店『女神的右眼』的老闆，奧茲華爾德·佐拉嗎？」

聽見意外的名字，妲莉亞不禁詢問。

仔細想想，奧茲華爾德在貴族街開了那麼大一間店，即使經營商會，經常進出王城也不奇怪。

「對，妳已經透過魔導具師的人脈認識他了嗎？他開出的諮詢價是兩小時一枚大銀幣，而且說伊凡諾也可在旁聆聽。不過，奧茲華爾德有很多被人誤解的地方……」

「呃，如果您是指他太太們的事，我已經聽說了。畢竟奧茲華爾德先生是我父親的朋友。我前陣子也見過他。」

奧茲華爾德有三名年輕妻子，外人自然會說些閒話。但對妲莉亞而言，他純粹是父親的朋友。

「還好妳是因為卡洛而認識他的。奧茲華爾德身段柔軟，又很親切，很容易吸引女性，也容易招來誤會。但他本人還滿正經的。」

聽見「容易吸引女性」，她想起沃爾弗。

被人單方面迷戀不見得是好事。尤其是沃爾弗遇到的狀況更令人同情。奧茲華爾德可能也有不為人知的苦處。

「我們家也鬧過一陣子。我大女兒念初等學院時，去過幾次『女神的右眼』買魔導具，曾經想送奧茲華爾德刺繡白手帕……」

嘉布列拉露出母親的苦惱表情說道。

刺繡白手帕是貴族女性用來告白的信物。即使什麼都不說，光是將手帕交給對方，就代表「你是我的初戀情人」。

初等學院需要考試才能進入，所以在學年齡不一，通常是九歲至十四歲。妲莉亞真心覺得那個年紀要向初戀告白還真有勇氣和行動力。

「那條手帕後來怎麼樣了？」

「被我丈夫阻止，沒送給奧茲華爾德。結果我女兒兩週不跟我們說話……我丈夫還詛咒奧茲華爾德早死呢。」

「那真是……」

那是不是奧茲華爾德的錯有待商榷，但就父親的立場來說，確實很困擾。

雙方不但年紀差很多，對方還有好幾名妻子，不是理想的女婿。

不對，以她女兒的年紀而言，奧茲華爾德當時可能還只有一名妻子。

「不過戀愛就像『痲疹』嘛，她很快就死心，現在也已經嫁人了，這段回憶也成了笑話。」

「這樣啊。」

「總之奧茲華爾德並不討厭聊以前的事。」

「我就不問了……」

要是聽太多事，下次見到奧茲華爾德時表情可能會露餡。

奧茲華爾德好心要教他們王城禮儀，妲莉亞不想對他失禮。若聽到別人說他的事，妲莉亞也不會深究，聽聽就算了。

「奧茲華爾德先生時間上沒問題嗎？他同時經營商會和店面，應該很忙吧？」

「他會將工作分配給下屬做，所以沒問題。他說自己有一半的時間都在做研究，基本上只接不那麼趕的案子，也會空出時間休息。」

聽起來他很會掌握工作與生活的平衡。她和伊凡諾或許也能向他請教這方面的事。

「妳學習禮儀時記得請伊凡諾陪同。妳是女性，這麼做並不失禮。另外，奧茲華爾德已有三位太太，應該不會再娶，但妳還是不能放鬆警戒。」

「像我這種人不需要警戒吧……」

「什麼叫『像我這種人』？妲莉亞，妳這是在擺姿態，還是沒自信？」

「我怎麼可能有自信……」

被那雙深藍眼眸盯著看，她的聲音不自覺地變小。

「妳的長相確實不突出，但化了妝仍是個美人。既是出入王城的商會長，在魔導具師工作上也是穩賺的『搖錢樹』。又是高等學院畢業，男爵之女。妳為什麼還是這麼沒自信？」

「畢竟從來沒有人說我漂亮，我們商會也只有我和伊凡諾兩個人。這次魔導具能賣出去只是運氣好，一旦賦予失敗就會把錢賠光，我開發出的商品也不見得會一直熱賣。我雖然是男爵之女，但父親過世後，這個身分也沒太大的意義。」

嘉布列拉說的只是一些表面上的優點。

實際上，妲莉亞平凡無奇，魔導具師這份工作就某方面來說，賺得多賠得也多。

縱使她是男爵之女，但父親已逝，也沒有要好的親戚。可說是孤立無援。

「妳要多有自信一點，妲莉亞。我剛才之所以談那麼久，是因為巴托利尼商會長一直拜託我，幫妳和他兒子安排相親。明明還不到三個月。」

「相親？」

「對，貴族基於禮貌，不會在悔婚或離婚後三個月內提出相親邀約。現在才過一個月，巴托利尼商會長仍堅持一起吃頓飯也行……他們家有子爵地位，還說妳嫁過去可以當大夫人，條件不錯，妳要和他兒子見一面嗎？」

「不了，我不打算談戀愛或結婚。」

妲莉亞立即回答，嘉布列拉聽了瞇起眼睛。

「之後若有其他相親邀約也一律拒絕嗎？」

「對，麻煩您了。」

「要是討厭相親邀約，可以常和沃爾弗雷德大人出去，這對相親邀約是很好的『抑制力』。不過妳可能會因而晚婚，甚至沒辦法結婚。」

「那樣也不錯呢。」

妲莉亞笑著回答，神情中沒有一絲迷惘——這讓嘉布列拉想起認真在白手帕上刺繡的愛女。

她當時只能假裝不知道女兒的心意，在旁默默守護。現在也一樣。

不過，她現在因為地位和年紀的關係，多了一些能做的事。

嘉布列拉用妲莉亞聽不見的音量，喃喃說了句：

「……如果真的太晚，我會幫妳推那個『抑制力』一把的。」

⬢ ⬢ ⬢

離開副公會長辦公室後，妲莉亞前往馬場，準備搭馬車回綠塔。

刺繡白手帕的故事令她想起父親卡洛。

她想起自己小時候也曾在白手帕上刺繡。當時她大約六七歲，剛學會使用針線。

起初是因為女僕蘇菲亞說：「妲莉亞小姐有一天也會在白手帕上刺繡吧。」

「貴族女性會將刺繡白手帕送給初戀情人。」妲莉亞當時聽完說明仍似懂非懂。

她雖然有前世記憶，卻很模糊，也沒有戀愛經驗。而且可能因為受限於身體成長的關係，她的理解力很難超出實際年齡。

但她很在意「初戀」這個詞，忍不住問父親有沒有收過手帕。

父親露出苦惱的表情回答：

「我沒收過刺繡手帕……」

他別過眼神，顯得很感傷，她也莫名感傷了起來。

她心想，母親一定沒有送過父親手帕。

「爸爸，你現在還想收到刺繡白手帕嗎？」

「或許吧。」

「……我送的也可以嗎？」

不知他會說「我不想收女兒送的手帕，妳送給未來的初戀情人吧」，還是無奈地說「我就姑且收下」──她有些猶豫地問完，父親立刻大聲回答：

「當然可以！這是我現在最想要的東西！」

父親可能是不想傷害幼小的她才會這麼說。

但妲莉亞受父親的話激勵，在蘇菲亞的教導下努力刺繡。她用和自己髮色相同的紅線，繡了最簡單的簡化版野玫瑰。

她想在冬祭送給父親而拚命趕工，連夜裡也偷偷起床刺繡。

不過她當時只是個還沒念初等學院的小孩。

成品很糟糕，線條扭曲，布料起皺。她過程中還不小心用針刺到手，在手帕上留下斑斑血跡。

到最後別說初戀，簡直就是一條充滿怨念的手帕。

她哭著對蘇菲亞說：「變成詛咒手帕了……」她稱讚道：「別擔心，妳做得很好。」

蘇菲亞將手帕輕輕壓洗，上漿，再細心熨燙。

經她整理後，手帕變得勉強能看。

冬祭當天早上，妲莉亞來到工作間，將刺繡手帕送給父親。

「爸爸，這個送你。」

卡洛沒有立刻接過手帕，而是一臉認真地從椅子上起身，在女兒面前單膝跪地，將右手放在胸口，慎重地以貴族之禮收下。

「謝謝妳，妲莉亞。我會珍惜的。」

見父親笑容滿面，妲莉亞開心地回以笑容。

如果故事到此結束，應該會是段讓人熱淚盈眶的回憶。

沒想到父親接著卻狂揉她的頭，將她為了冬祭而做的造型完全弄亂。

為了慶祝冬祭，伊爾瑪一大早就幫她綁了精緻的髮辮，還插上假花作裝飾。
伊爾瑪後來帶著伴手禮前來，見狀氣得不停地責怪她父親，但還是幫她重新綁好辮子。
每當她想起手帕的回憶，就會想起後面這一段。
那條白手帕或許已不在綠塔。
即使如此，她每次想起父親的大手，還有伊爾瑪氣憤的模樣，都會忍不住笑出來。
妲莉亞在澄澈的藍天下，帶著笑容走出商業公會。

伊凡諾前往奧蘭多商會前，先拜訪了幾間商會。
他通知那些商會，自己已辭去商業公會之職，加入羅塞堤商會。
每間商會聽到他轉職和改姓都相當驚訝，但這應該會成為不錯的話題。
羅塞堤商會現在只有他和妲莉亞兩個人。
若想為未來的行銷和宣傳鋪路，或許可以先引起商人們的興趣，由他們去帶動話題。
妲莉亞和奧蘭多商會次子托比亞斯解除婚約一事引發不少議論。

不過，妲莉亞後來成立羅塞堤商會，請到公會長和沃爾弗當保證人，旋即開發出五趾襪和乾燥鞋墊，還因而得以進出王城——這番堪稱大躍進的成就激起更多討論。

然而人們幾乎沒有機會詢問妲莉亞事情始末。

她平常只來往於綠塔和商業公會之間，拚命工作。此外，外出時也都是和伊凡諾或沃爾弗一起。

既沒有互相擔任保證人的兄弟商會，也沒有熟識的商會長。

再者，羅塞堤商會的保證人又是斯卡法洛特伯爵家的沃爾弗，以及商業公會長傑達子爵。其他商會也不敢因為他們是新商會就輕視他們。

那些商會即使想獲取他們的資訊，想和他們攀關係，也很難直接和妲莉亞建立聯繫。

相對地，伊凡諾是前商業公會員——正確來說，他仍未離開商業公會，因此和許多商會長都交談過，甚至參與過他們的交易。

很多人聽說伊凡諾加入羅塞堤商會，便主動示好。

既然對方想從他身上獲取資訊和交易機會，他也可以收取相應事物。

接下來就輪到他這個商人大顯身手了。

伊凡諾回到馬車上，心想還有一段路程便閉上眼睛，立刻被睡魔侵襲。

妲莉亞說得對，他可能真的累積了一些疲勞。

他恍惚地陷入睡夢中，眼前出現一片紅色泥沼。

「你這個不孝子！你去哪裡了！」

在那片紅色泥沼前，舅舅流著淚痛罵他。他感覺不太到被揍的痛楚。

他在戀人家過了一夜，早晨帶著愉悅的心情回家，卻見到三具被麻布蓋住的遺體。麻布下露出他父母和妹妹的鞋子。

他想掀開麻布，舅媽哭著阻止他。

他記得自己還是掀開了布，看見三人完全稱不上安詳的遺容。

然而在他記憶中，所有人都像戴了純白面具，他完全不記得他們的模樣。

「對不起，我害我們家的店被抵押，財產也沒了。你妹妹身體不好，我們帶她一起走，你要活下去。」他看著父親潦草的遺書，難過到想吐。

父親向來一絲不苟，不曾寫出那種凌亂字跡。

他知道他們家的店狀況不好，但父親只對他說一切都會沒事。

十九歲的他沉醉在夢寐以求的戀情中，從不在意其他事情。

紅色泥沼變為紅黑色時，他聽見某人長長的哭喊聲——

「……怎麼不是和老婆初次約會的夢呢？」

從久違的惡夢中醒來後，伊凡諾嘆了口氣，輕輕搖頭。

他在夢裡像局外人般看著自己來王都前的經歷。

不知有多少年沒作這個夢，連在夢裡也想不起家人的臉，他對自己的無情感到傻眼。

不過，他並沒有像剛來王都時那樣，作了一個惡夢就方寸大亂。

當時舅舅代替深受打擊的他處理家人的身後事。

葬禮悄悄結束後，舅舅給他一些錢，建議他去王都。

這個城鎮對他而言充滿同情與好奇的目光、傷人的流言，還有與已故家人的回憶，的確很難再住下去。

後來他便在如血般的夕陽轉為黑夜時，逃離城鎮。

但他並沒有墜入谷底，也沒有自暴自棄。

因為他離開城鎮時，有當時的戀人——現在的妻子陪著他。

戀人說要和他一起離開時，他知道往後會吃苦而拒絕了。

然而不管他說多少次「妳在這裡有家人、有工作，不必跟著失去一切的我離開」，她都不聽。

伊凡諾打算瞞著她離開，她卻已帶著大包小包等在馬場。

正當他驚訝到說不出話時，她喊著「我來當你的家人！」，沒等他回話就將婚約手環套進他手裡。

那是只銀底鑲著藍月光石的手環。對伊凡諾而言，那至今仍是世上最美的手環。

「梅卡丹提先生，目的地到了。」

「謝謝。」

伊凡諾聽見馬夫的提醒，扣好襯衫第一顆鈕釦，繫好藍色領帶。

穿著深藍色三件式西裝在豔陽下走動很熱，但他仍整理好服儀，毫無任何鬆懈之處。

他用手帕仔細擦乾額頭和脖子上的汗水，平靜地推開奧蘭多商會的大門。

「你好，我是羅塞堤商會的伊凡諾。我來下訂單，並領取商品。」

他走向商會櫃檯，提高音量打招呼。

周圍的聲音隨即變小，有些人還偷瞄他。

奧蘭多商會裡有一些人和伊凡諾打過照面。

不過氣氛之所以變得尷尬，多半是因為聽到「羅塞堤商會」這個名字。

「……請稍等一下。」

櫃檯小姐似乎不是托比亞斯傳聞中的太太。

那名妙齡女子向伊凡諾點了頭，走進裡頭的辦公室。

「伊凡諾先生……？」

聽見熟悉的聲音，伊凡諾調整好表情，轉過頭去。那個人正是托比亞斯。

伊凡諾很久沒見到他。他瘦了些，臉色也不太好。

「好久不見，托比亞斯先生。」

「好久不見。呃……你在羅塞堤商會幫忙，那商業公會的工作怎麼辦？」

「我辭職加入羅塞堤商會了，每天都忙得不可開交呢。」

正確來說他尚未離開商業公會，但他故意這麼說。

他在不知不覺間已和妲莉亞站在同一陣線，甚至想給她的前未婚夫一點顏色瞧瞧。

「妲莉亞會長也很忙，不過每天都很開心。」

他盡可能露出完美的笑容，邪惡的性格表露無遺。

「這樣啊……」

伊凡諾做好心理準備，心想托比亞斯可能會說點什麼，或開始問東問西。

沒想到男人只回了短短一句話，不知為何還露出安心的表情。

「她……過得很好吧？」

「對，非常好。」

伊凡諾參不透對方話語背後的用意便照實回答。男人垂下眼眸，動了動嘴唇。

「……那就好。」

伊凡諾沒理會他那細不可聞的低語。

他和妲莉亞已經分開。伊凡諾不打算把這種事告訴妲莉亞，增加她的心理負擔。

「羅塞堤商會來的先生，久等了，這邊請。」

「謝謝。」

伊凡諾在眾人注視下，走進會客室。

在會客室裡等他的是商會長依勒內歐。

依勒內歐好像也瘦了些，和伊凡諾一樣冒著黑眼圈，感覺很微妙。對方用那雙神似前任會長的黑色上吊眼盯著他，讓他瞬間覺得自己像是被打量的商品。

「歡迎光臨，伊凡諾先生。前幾天舍弟給您添麻煩了。」

「不會，我已經加入羅塞堤商會，不屬於商業公會。聽妲莉亞會長說他們已經斷得一乾二淨，對我來說一點都不麻煩。」

依勒內歐請伊凡諾在沙發坐下，事務員端來紅茶。

事務員走出會客室的同時，依勒內歐將銀色魔封盒放在桌上。

「這是羅塞堤商會長想要的『妖精結晶』。」

「謝謝。真美……會長會很開心的。」

伊凡諾打開魔封盒，看見七彩的結晶體。

他聽妲莉亞說過妖精結晶的樣子，實際比他想像的更美。

七彩光芒在水晶般的結晶體中不斷滾動，閃閃發亮。

經過加工，應該能做成比寶石更棒的飾品。

「這是我們的訂單，不好意思數量有點少。如果有無法取得的商品，就請直說。」

「……不會，我們盡量找找看。黑史萊姆粉可能會花些時間。」

依勒內歐蹙著眉頭幾秒，很快又調整好表情。

「麻煩您了。我已確實收到『妖精結晶』。」

伊凡諾在妖精結晶收據上以稍大的字簽完名後，遞還給男人。

「請確認。」

「好的，是……梅卡丹堤，先生？」

依勒內歐唸出他的名字，疑惑地看著他。

「對，我叫伊凡諾．梅卡丹堤。」

「冒昧請問，您改姓是因為成為某家的養子嗎？」

「不，我只是改回原本的姓氏。我本姓梅卡丹堤，我父親是歐里斯．梅卡丹堤。」

伊凡諾一口氣說完，依勒內歐睜大眼睛。

「伊凡諾先生，您是梅卡丹堤商會的……」

「是的，我只是姑且說說看，沒想到您竟然記得，真榮幸。我是梅卡丹堤商會長的兒子，也就是以先見之明著稱的令尊率先抽手的那間商會。」

「……唔！」

話一說完，依勒內歐大驚失色。

伊凡諾勾起嘴角，心中有股扭曲的滿足感。

那已是十六年前的往事。

他父親擔任保證人的商會倒閉，梅卡丹提商會因而背負龐大的債務。

消息傳開後，有幾間商會立刻終止與梅卡丹提商會交易。這舉動宛如導火線般，使梅卡丹提商會接連失去其他交易機會，將他父親逼入絕境。

最先終止交易的商會有三間，其中一間就是奧蘭多商會。

和搖搖欲墜的交易對象切斷關係對商會而言再正常不過。伊凡諾並不怨恨他們。

但他至今仍記得終止交易的商會名稱和順序。

依勒內歐當時應該不到二十歲，還在見習中，伊凡諾對他也沒什麼芥蒂。他們那時在商業方面都還是新手。

「抱歉突然聊起往事。請放心，梅卡丹提商會並未留下任何禍根。我只是很高興您還記得家父的名字。」

男人一瞬間就斂起驚訝的表情回道：

「是的，我也記得令祖父非常精明幹練……」

依勒內歐不愧為大型商會的商會長，不甘心單方面受到驚嚇。

他雙手交握，黑眸望著伊凡諾。

「伊凡諾先生，您是像祖父呢，還是像父親呢？」

即使聽見帶刺的問題，伊凡諾仍努力維持自己的表情。

他祖父是個出了名的狠角色，被私下稱為「冷血商會長」。

他父親雖被尊稱為「仁德商會長」，卻過於溫柔寬厚。

父親繼承祖父花一代時間培育起的商會後，替有困難的同業作保而失去了一切。

伊凡諾當時只是個毛頭小子，什麼都做不了，便逃離了家鄉。

他雖然捨棄梅卡丹提這個姓氏，但十六年來感受到的痛苦並不少。

每當他以公會員身分協助他人做生意時，都會設想「換做是自己」會怎麼做。

他已離開對自己照顧有加的嘉布列拉，恢復商人身分。不會再逃了。

儘管傷痕累累、殘破不堪，他身上仍有商人的尊嚴。

再次背負起的名號，不屬於祖父也不屬於父親，只屬於他自己。

「內人說我兩者都不像。而且一般不都說，兒子像母親嗎？」

依勒內歐的母親過去常待在奧蘭多商會，最近卻不見蹤影，應該是受某個貴族的影響吧

——伊凡諾暗諷這件事，但眼前的男人仍維持業務笑容。

「人家都說我像父親。」

「是嗎？真羨慕您能被人稱讚有『先見之明』。」

如果依勒內歐真有先見之明，就不會傷害妲莉亞，也不會讓她離開。

這結果對妲莉亞而言是好事一樁，但奧蘭多商會不知蒙受多少損失。

依勒內歐微微挑起單邊眉毛。

看來伊凡諾回刺他的話稍微奏效了。

「希望我們合作愉快，經營順利。」

「是的，合作愉快，經營順利。」

他們說完制式化的招呼語，同時伸出手，和對方禮貌性地握手。

雙方手心都出了很多汗，讓人覺得莫名好笑。

羅塞堤商會中負責做生意的不是妲莉亞，而是伊凡諾。

他只希望兩間商會各自生意興隆，如果能在某處交手也不錯。

兩名商人臉上掛著笑容，刺探對方的心意，預測對方的動向。

伊凡諾這次如願登上商業舞臺，還幸運地有黃金女神的陪伴。

他不會輸，也不會退縮。

他換上真心的笑容說：

「往後請多關照羅塞堤商會。」

◆◆◆◆◆◆

「我又有件事要向妳道歉了……」

昨天傍晚，沃爾弗派使者來綠塔說有急事，想在明天或後天方便時見面，妲莉亞便選了早茶時段。

沃爾弗單手提著蛋糕盒，跟著妲莉亞上二樓，還沒坐下就突然道歉。

「怎麼了？」

「上次外出時跟蹤我們的人，是我哥哥派的護衛。」

「原來是這樣，還好不是壞人。」

妲莉亞鬆了口氣。

她原本還擔心沃爾弗被人盯上，還好是護衛。

她招呼沃爾弗坐下，對方才照做，神情卻依舊嚴肅。

「還有一件事……我哥哥因為擔心我而調查了妳的經歷，也給我看了其中一部分，真的很抱歉。」

「那個，該不會只有這樣嗎？」

「經歷被調查，妳不生氣嗎？」

「感覺確實不怎麼好，但你是伯爵家的人，和身為平民的我在一起，哥哥自然會擔心。而且我的經歷很普通，也調查不出什麼。」

妲莉亞沒犯過罪，在學院裡也不是學費全免的資優生。

小時候只在綠塔附近活動，學生時代往返於學校和綠塔，成為魔導具師後出沒於綠塔和工作地點。此外只會和父親或朋友外出吃飯、購物。

唯有這個月出門頻率較高，還是和面前的沃爾弗一起。

她經歷中值得一提的只有工作上開發出的防水布和五趾襪，以及被悔婚的事。不過後者是對方提的，她也無可奈何。

想到這裡，她忽然頓了頓。

護衛是從什麼時候開始跟著沃爾弗的？——若是從那天出門開始，妲莉亞拉著他袖子走路的樣子豈不也被看見了？沃爾弗抱著她跳到屋頂上那一幕呢？

若護衛全看見了，她真是難為情到想在地上打滾。臉頰一下子熱了起來。

「妲莉亞？」

「我想起那天的事，覺得很害羞。我還抓著你的袖子，像小孩一樣。」

「咦，不知道護衛向哥哥報告我的行動時，說得有多詳細……」

沃爾弗也回憶起自己做過的事。

那張臉罕見地慢慢變紅，他用一隻手遮著眼睛，垂下了頭。

「呃，謝謝你的蛋糕。要喝茶嗎？」

「……麻煩妳了……」

妲莉亞去廚房前，他一直垂著頭。

「沃爾弗，趁熱喝吧。你送的起司蛋糕看起來好好吃。」

妲莉亞泡好紅茶，看著那盤烤起司蛋糕，心情總算好了些。

「我每次來都在向妳道歉。」

「沒這回事，別在意。」

心情還沒完全平復的沃爾弗罕見地在紅茶裡加了三顆方糖。

「……我們家將會在西區這座塔附近設立接送馬車的馬場。我哥哥說要投資。」

「太好了。這一帶沒有接送馬車，還有人因此搬離這裡呢。」

「沒有接送馬車很不方便嗎？」

「對啊，這附近連公共馬車班次也很少，有急事或生病、受傷時，很需要馬車。應該會有很多人為此感到開心。」

沃爾弗雖然會搭接送馬車，平時仍以步行居多。他能用身體強化，腳程很快，可能不了解馬車有多珍貴。

「我家的馬車也會停在那裡，妳往返公會或出門時，就用我的馬車好嗎？我經常遠征，用不到馬。妳要寄信給我時也可以送到那裡。」

「意思是要我搭斯卡法洛特家的私有馬車嗎？」

「對，我會請人將馬車布置得不那麼顯眼。要寫上羅塞堤商會的名字也沒問題。」

「不用了，商會將來也會買自己的馬車。」

「在那之前就先用我家的吧。妳是商會長，我希望妳盡量別單獨行動。」

不知是不是錯覺，沃爾弗的聲音聽起來比平常輕。

妲莉亞停下用叉子切蛋糕的動作，望著沃爾弗。對方率先別開視線。

「沃爾弗，發生什麼事了？」

「的確有些事……」

「不想說也無妨，如果想說就儘管說。」

妲莉亞能做的只有傾聽，但仍希望這樣能讓沃爾弗心情輕鬆一些。她抱著這樣的想法說完，對方依然垂著眼眸。

「還好這次是我哥哥僱的護衛，一想到對我懷恨在心的人可能會找妳報復，我就有點害怕……」

「我不會被盯上的。」

「很難說。我不清楚有誰恨我，也體會到那些人的行動難以預料。」

「果然發生了一些事。」

「我在這次演習中被一群敵方騎士攻擊。有個騎士聽到未婚妻想邀我參加茶會，便設法讓我受傷。」

「一群騎士！你還好嗎，沃爾弗？」

他看起來沒受傷，或許已經接受了治癒魔法。

「多虧有天狼手環，我毫髮無傷。隊友也幫忙掩護我。對方被嚴正警告，應該得接受再訓練。」

「那些騎士太過分了吧。」

「命令他們的人是侯爵之子，他們可能無法拒絕吧。我哥哥擔心到特地來演習場附近找我，所以不會有下次了。」

沃爾弗的哥哥之後確定會升為侯爵。

他們最近又恢復聯絡，哥哥一定會保護他的。

不過，這次演習的敵方騎士實在太過分。妲莉亞不敢相信王城裡的騎士竟會做這種事。

說到底沃爾弗根本沒有錯。對方在憎恨沃爾弗前，應該先向自己的未婚妻抗議才對。

妲莉亞喝著紅茶壓抑怒火，忽然發現沃爾弗的金眸中有深深的陰影。

沃爾弗欲言又止，終於開口說：

「我想了很多，考量到妳的安危，妳在工作之外還是和我保持距離……」

「我不要。」

她不假思索一口回絕。

「啊，對不起！你還沒說完……」

「不會，謝謝妳，妲莉亞。我和妳一樣。我想說的是，『這樣或許比較安全，但我很任性，不想這麼做』。」

沃爾弗平靜地微笑，剛才的陰影已從他眼中消失。光是這樣，就讓妲莉亞放下心來。

「我對妳很抱歉，希望妳小心點，有事盡量找我幫忙。不過我能做的也很有限就是了，連馬車也是哥哥幫我安排的。」

「不，你幫了我很多。那我就不客氣，向你們借用馬車了。」

「能這樣最好。或許是我太操心，但若有什麼狀況，可以立刻告訴我嗎？」

「好。」

妲莉亞點點頭，終於又喝了口紅茶。

「……真希望我是個普通的平民，能夠待在妳身邊。」

沃爾弗自言自語般，用她勉強能聽見的音量說道。

她原以為自己已經很明白，但聽見這番話時還是很難過。

沃爾弗是貴族，和她這個平民當朋友，並不是件普通的事。

他們能像現在這樣相處就已經是奇蹟了。

剛才沃爾弗說「保持距離比較安全」時，她脫口說出「不要」，連自己都嚇了一跳。

接著她發現一件事。

無論是以朋友、有用的魔導具師、商會的工作夥伴，任何身分都沒關係，自己想待在最接近他的位置，讓這一同歡笑的日子盡量延續下去——她在不知不覺間有了這樣的願望。

這個願望不知是源自對朋友的獨占欲，還是對自在相處的依戀，抑或是對孤獨的恐懼。這執著的心願，她無法對沃爾弗說出口，短時間內也無法割捨。

為了不造成他的負擔，不被他守護，自己能做些什麼？

盡量多做些有用的魔導具？努力取得男爵地位？使羅塞堤商會壯大？——這些在斯卡法洛特伯爵家的名聲面前都顯得微不足道。

話雖如此，這樣總比什麼都不做來得好。她只能一點一點累積能做的事。

她希望自己強大到可以對等地站在沃爾弗身邊。

至少強大到，若某天兩人必須切斷關係，自己也不會讓他擔心。

這是身為他朋友的微小尊嚴。

「……紅茶冷了，我去重泡。」

妲莉亞現在不太敢直視沃爾弗。

她擠出笑容，站了起來。

魔導具師、騎士、小物工匠與商人

「我是甘道菲工房的費爾莫，請多關照。」

「你好，我是魔物討伐部隊的沃爾弗雷德・斯卡法洛特。」

費爾莫從椅子上起身，行了個禮。

他比初次見到妲莉亞時更冷淡、更面無表情。不知是因為緊張，還是因為沃爾弗是貴族而神經緊繃。

綠塔的工作間感覺顯得很狹小。

妲莉亞旁邊坐著沃爾弗，對面是費爾莫，斜對面則是伊凡諾。

這群人坐在同一張桌子旁，實在有點不可思議。

今天下午，妲莉亞要和甘道菲工房長費爾莫討論小型魔導爐的改良方案。她心想既然是魔導具，乾脆在工作間邊改良邊討論，便邀費爾莫來綠塔。

伊凡諾知道妲莉亞一個人住，而且他也想參與改良的討論，於是一同前來。

早上就來的沃爾弗今天整天休假，便也待了下來。

她本來就是為了讓沃爾弗遠征更便利，而開始改良小型魔導爐。沃爾弗也是商會的一分子，四個人一起討論，應該會有更好的想法。

沒想到費爾莫反應如此冷淡，不知道是什麼事惹他不開心。他看似不悅地板著一張臉，沃爾弗也被他的情緒傳染。

「呃，費爾莫先生？」

「我不懂貴族禮儀，擔心做出對斯卡法洛特大人失禮的事……」

「不會的，別在意。」

「……我就知道會這樣。」

伊凡諾看了看費爾莫和沃爾弗，露出苦笑對妲莉亞說：

「在討論爐子的事之前，能不能閒聊一下，緩解這緊繃的氣氛？」

「好啊，我先去泡茶。」

「不好意思，妲莉亞小姐，麻煩妳了。」

距離下午茶還有段時間，但妲莉亞希望這樣能緩解費爾莫的緊張，想著便走上二樓。

「好，趁妲莉亞小姐去二樓這段時間，我們幾個男人就敞開心胸聊天，增進感情吧！」

「啥？」

「伊凡諾？」

伊凡諾突然換上開朗而隨興的口吻，其餘兩個人訝異地看著他。

「沒多少時間，我就直說吧。費爾莫先生，沃爾弗先生並沒有包養妲莉亞小姐。他們是好朋友，也是商會夥伴。」

「伊凡諾先生，你現在說這些幹嘛？」

「現在公會裡流傳著許多謠言——費爾莫先生想必聽了一些奇怪的謠言，為妲莉亞小姐感到擔心吧？畢竟沃爾弗先生長得這麼帥。」

「伊凡諾，你是要我怎麼辯解？」

沃爾弗眉頭深鎖，不由得說出真心話。

費爾莫看見他的反應，抓了抓斑白的茶髮。

「是這樣嗎……真抱歉，我今天在公會聽了很多閒話，不太高興。」

「甘道菲先生，方便告訴我們是怎樣的『閒話』嗎？」

「可以啊，可是很難聽喔。啊……不太悅耳，斯卡法洛特大人。」

費爾莫原想用平時的口吻，連忙改口。沃爾弗見狀搖了搖頭。

「我們都放輕鬆講話吧。我平常也是這樣，太多禮反而很麻煩。你可以叫我沃爾弗。」

「可是……」

「費爾莫先生，別擔心，我在只有商會成員的地方也是這麼說話的。我也想了解那些閒話，拜託了。」

「……知道了，反正我再怎麼裝也會有破綻。你也叫我費爾莫吧。」

費爾莫解開襯衫第一顆鈕釦，輕輕嘆了口氣。

他沒必要隱瞞，就將聽到的都告訴他們。

「我在公會聽到人家說，『妲莉亞小姐以魔導具師工作為優先，和奧蘭多商會的次子分手，為成立商會而自願被斯卡法洛特大人包養』、『妲莉亞小姐為籌措羅塞堤商會成立費用，而討好斯卡法洛特大人』、『斯卡法洛特大人聽到妲莉亞小姐被悔婚，便趁機包養她』，在馬場則聽到『妲莉亞也迷惑了伊凡諾先生，將他挖角過來』。」

「您等一下再告訴我那些人的長相和服裝，還有聽見流言的確切位置。不過這些人還真有想像力，說的事和事實天差地別。」

「事情為什麼會變成這樣？我認識『妲莉亞』時，她已經是商會長，我們也只是朋友而已。」

一人面帶笑容彎折手中的筆，另一人毫不掩飾嫌惡，深深嘆氣。

費爾莫看著反應完全相反的兩人，這麼問道：

「妲莉亞小姐為人正直，為什麼會有那些奇怪的流言？」

「那些流言有一部分是奧蘭多商會為了保護次子而散布的，徵得了妲莉亞小姐同意，但僅限於『她想從事魔導具師工作而解除婚約』這則。其他的可能是被人加油添醋，越改越糟吧。再來是因為單身女性當到商會長，商會經營順利還能進出王城，她本身又是傑出的魔導具師，因此招人嫉妒。」

那些反覆詢問沃爾弗的事，希望能認識他的女人。

那些聽到妲莉亞這名年輕女性既是能幹的魔導具師，又成立商會，見不得她好的人。

那些表面上投以欣羡目光，私底下閒言閒語的人。

他們都有可能出於嫉妒而扭曲事實，製造謠言。

「原來是這樣……」

「費爾莫先生，這些話可能不該由我來說，但我希望您明白真相。妲莉亞小姐的前未婚夫是奧蘭多商會的次子。他在外面有了女人，而在結婚前一天向妲莉亞小姐悔婚。」

「真過分。」

「沒錯。妲莉亞小姐因而無法再向奧蘭多商會採購素材，她為了獲取魔導具素材，獨自成立商會。您也知道她開發能力很強。後來她的朋友沃爾弗先生成了商會保證人，我也想在這間商會做生意，而毛遂自薦請她讓我加入。這點嘉布列拉小姐可以作證。」

「我也有話要說。妲莉亞一點錯都沒有，所有跟我有關的壞話，全都是我的問題。」

黃金色眼睛懇切地望著費爾莫。看見那正直的眼神，費爾莫完全明白那些流言是假的。

「知道了，我下次聽見流言會向他們更正。」

「您不用理他們。我只希望您隨時告訴我散布流言者的資訊，至於妲莉亞小姐被沃爾弗先生包養之類的閒話，反而能保護她。」

「等等，伊凡諾，這樣妲莉亞的名聲……」

「比起名聲，現在更重要的是預防損害。只要商會壯大，名聲自然會變好。她解除婚約才一個月，其他商會就巴不得想和她做生意，還不到三個月就有相親邀約。兩位若向外界澄清『只是朋友』，邀約豈不是會接踵而至嗎？」

伊凡諾笑著說完，沃爾弗微微轉動脖子。

「……妲莉亞有相親邀約？」

「是，您沒聽說嗎？有人透過嘉布列拉小姐提出邀約，妲莉亞小姐當場就拒絕了。她還說之後的相親邀約一概拒絕。」

「……提出邀約的是誰？」

「巴托利尼子爵，他想幫兒子安排相親。」

「……是喔。」

伊凡諾將視線從表情消失的沃爾弗身上移開，對費爾莫笑著說：

「對了，費爾莫先生，我很想問您一件事。」

「什麼事？」

「您是胸派，還是腰派？」

「喂，我們又沒喝酒，說這個幹嘛？你也滿沒分寸的嘛。」

費爾莫不敢置信地說完，芥子色頭髮的男人回以微笑。

「想知道男人的『為人』，這樣問最快。所以您是哪一種？」

「胸派，但硬要說的話應該是『頸派』……」

「頸派還真罕見……難怪您太太平時都把頭髮挽起來。」

「……伊凡諾先生，我想請問一下，你為什麼會知道我老婆『平時』都梳什麼髮型？」

深綠眼睛犀利地盯著伊凡諾。

「……伊凡諾，我們不是要增進感情嗎？」

「沒有啦，因為甘道菲太太常來公會，我很常見到她！記得客人的長相也是公會員的職責之一。」

「這樣啊。那麼伊凡諾先生和沃爾弗先生又是什麼派？」

「我是胸派。」

「腰派。」

聽完兩人的回答，費爾莫點了點頭。

「順帶一問，兩位可接受的年紀範圍大概是多少？尤其是伊凡諾先生。」

「不不不，您誤會了，我只鍾情於我妻子！」

「我……」

沃爾弗說著忽然抬頭。

「別聊這個了，妲莉亞剛剛開了二樓的門。」

「沃爾弗先生，您耳朵真好……」

「我只是記取上次的教訓……」

他上次和伊凡諾聊到胸派腰派話題時，偶然被妲莉亞聽見。

妲莉亞當時的冷笑，他絕不會忘記。

沃爾弗懊悔至極，甚至想抹除這段過去。因此他這次用了身體強化，邊聊邊注意樓上的聲響。

老實說，自從聊起這個話題，他就已將口袋中的防竊聽魔導具開到最大。

「我們來聊遠征的話題吧！」

「好的，洗耳恭聽！」

「真是的……」

見他們切換得快又有默契，費爾莫露出淺笑。

謠言真的不能信。

他聽完謠言，腦中所想像的是虛有其表又討人厭的貴族男子，以及被商會利益吸引的前公會員。

實際見面聊過後才發現，他們都是正直而值得信賴的人。

費爾莫打從心底認同他們待在妲莉亞身邊，也明白她為何信任他們。

他們看起來如此快樂，費爾莫也想加入他們。

「好吧，聊就聊。感覺滿有趣的。」

◆◆◆◆◆◆

妲莉亞端著紅茶回來時，三人開心地聊著遠征的話題。

剛才的緊繃氣氛已然消失，費爾莫和沃爾弗很快就改以名字相稱，口吻也輕鬆許多。聽著男人們開朗而高亢的聲音，她感到有點羨慕。

「費爾莫先生，你們能聊得來真是太好了。」

「多虧伊凡諾先生帶動話題，我沒那麼緊張了。」

妲莉亞對笑容滿面的費爾莫回以微笑，放下心來將紅茶端給大家。

「這是改良過的爐子，暫名『遠征用爐』。」

她喝了口紅茶喘口氣後，從架上拿出兩個改良過的小型魔導爐。

男人們緊盯著妲莉亞拿到桌上的爐子。

「好厲害！變得好小……」

「攜帶起來應該很方便。」

「我可以摸摸爐子嗎？」

「請，可以拆開來沒關係。爐蓋同時也是鍋子。」

費爾莫脫下外套掛在椅子上，隨即打開用來當爐蓋的鍋子。接著又將放置魔石的部分、調整火力的旋鈕一一拆開來觀察。

「這種輕量化方式真高明。」

「謝謝，我參考了你借我的書。」

聽見費爾莫的稱讚，妲莉亞很開心。

一旁的沃爾弗見到鍋子卻露出微妙表情。

「沃爾弗，有什麼問題嗎？」

「還好，不是什麼大問題，只是覺得這鍋子有點小。我們隊上很多人食量很大。不過食物可以分開來料理，這樣也不成問題。」

魔物討伐部隊的隊員都是成年男性，遠征時活動量大，需要大容量的鍋子煮伙食才吃得飽。妲莉亞一心只想著將爐子縮小，完全忘了這回事。

「妲莉亞小姐，可以把鍋子做深一點嗎？」

「這樣整體就會變高，攜帶起來……」

「只要將鍋子側邊用薄的S型板做成可伸縮的形式就行了。現在用的是鐵和銅混合板，應該可以加工。」

「費爾莫先生，加工費不便宜吧？」

「的確會有點貴……」

將薄S型板連接成可伸縮的蛇腹狀是金屬水管常用的加工方法。加工時要將S型板彎折連接在一起，既費工又耗時。這點子雖然不錯，但考慮到工匠的加工費，成本有點高。

「沃爾弗先生，爐子真的有必要縮到這麼小嗎？」

「這個大小再好不過，再大一些應該也沒關係……」

要讓鍋子變大，只要將爐子改得比現在大一些即可，但這樣重量和體積都會增加，令人傷透腦筋。

「若有其他問題，都請直說。」

「重一點也沒關係，希望能有燉煮用的鍋蓋。如果能有平底鍋就更好了，但應該很困難吧……」

「用薄一點的金屬板做平底鍋，同時當成鍋蓋如何？」

「做成套鍋就行了吧，分成淺鍋和深鍋，疊在一起。這樣就有兩個鍋子，淺鍋還能當成平底鍋。」

費爾莫說的套鍋，指的是尺寸稍有差異的鍋子，這樣確實能堆疊，然而重量的問題還是沒解決。

「套鍋的把手要怎麼做？」

「可以用粗的鋼絲做成把手，往鍋子側邊摺疊。兩個鍋子的尺寸可以差多一點。如果強度不夠，就做兩個把手，分別往左右摺疊。」

「做成可拆卸式把手會不會更省空間？」

「不要比較好，在遠征中弄丟把手可就麻煩了。」

「無論怎麼做好像都需要不少加工費……」

「如果加工是必要的，成本變高也很正常。」

魔導具師、騎士、工匠、商人，每個人的觀點和需求都不同，因此聊了好一陣子都沒有共識。

「妲莉亞小姐，妳打算賣多少？」

「三枚大銀幣。」

「妳花了多少材料費和製作時間？」

「材料費是一枚大銀幣加一枚銀幣，製作時間大約兩小時。」

「看來必須提高售價或降低材料費。扣除材料費和人事費後，利潤至少要占五成。」

「要到五成這麼多啊……」

「商會和工房不同。利潤若不抓這麼多，就沒辦法應付開發費和宣傳費。費爾莫先生，你會怎麼降低成本？」

伊凡諾拿起爐子，問出商人最關心的問題。

費爾莫想了一下後搖了搖頭。

「很難。雖然可以讓金屬板變薄，但這樣強度會變差……」

「我覺得再貴一點也沒關係。」

「部隊的預算有這麼多嗎？你們用的畢竟是國民的稅金。事關利益問題，可動用的錢應該不多吧？」

「沒問題，這麼好的東西我們願意自費購買。」

沃爾弗摸著遠征用爐，露出燦笑肯定地說。

「這可以拯救我們部隊。我們遠征時早晚都吃黑麵包配肉乾，最多再來碗加了乾燥蔬菜的溫湯。午餐和點心是起司、堅果和果乾。有時晚餐可以配一杯酒。就這麼持續兩天至一個月以上。」

「我都不知道……聽起來滿痛苦的。」

「部隊裡的貴族也能接受嗎？」

「可能習慣了吧。不過確實有不少人因為飲食問題而離隊，或者身體狀況變差。」

「這樣會影響到任務吧？不改變還真的不行。」

「是啊，真的希望能改變。而且我們不曉得哪一餐會是『最後的晚餐』，還是吃好一點……」

沃爾弗話說到此，閉上了嘴。其他三個人也陷入沉默。

最後的晚餐——也就是死前最後一餐。

討伐魔物是一份出生入死的工作。或許真的有人在遠征中的最後一餐就是吃這種伙食，眼前的黑髮男子應該見證過這種事。

而他本人擔任的，正是死亡風險最高的先鋒赤鎧。

「……這麼說不太好，我只是打個比方。」

「不，你說的這點也很重要……我去年和今年都見過部隊員的『騎士團葬』。」

「現在有魔導師和神官和我們同行，殉職的人不像以前那麼多。但和魔物戰鬥時很難預測對方動向，也容易發生事故。」

他們的對話妲莉亞聽在耳裡，但不願理解。

她緊閉雙唇，盯著桌上另一臺遠征用爐。

「……我想問一下，這個能在帳篷裡用嗎？」

費爾莫轉換話題。妲莉亞聽見他的問題，連忙說明。

「可以，但要小心火災，注意通風。爐子直接接觸鍋子底部，所以在室外就算有一點風也能用。」

「我好想立刻去遠征，用用看這爐子再回來……」

不知是不是剛才的事讓沃爾弗頭腦混亂，他開始說些奇怪的話。

要用爐子不必等到遠征，現在出去外面就可以用。

「要不要在院子裡用用看？我們可以同時用小型魔導爐和遠征用爐，互相比較。」

「好啊，我也想看看爐子實際上在戶外如何使用。要煮水嗎？」

「不，我去切點食材過來，試試看煎東西效果如何。請各位稍等一下。」

「要切食材的話我可以幫忙。」

「那我和費爾莫先生就待在這裡，想想怎麼降低成本。」

◆◆◆◆◆◆

妲莉亞和沃爾弗去了二樓後，伊凡諾將小型魔導爐和遠征用爐擺在一起。他不懂爐子的構造，但很佩服妲莉亞竟能把爐子縮得這麼小。

身旁的費爾莫直直盯著通往二樓的樓梯。

「……伊凡諾先生，那兩個人應該在交往吧？」

「他們說是朋友。」

費爾莫問得很突然，伊凡諾仍立刻回答。他瞄了一眼費爾莫的臉，對方臉上浮現大大的問號。

「朋友……？」

「他們的身分畢竟有差，一個是未來侯爵的弟弟，一個是平民百姓。」

「我不懂貴族的規定，但真的有這麼難嗎？妲莉亞小姐不是商會長嗎？」

「如果和傳聞一樣是『包養』就簡單了。但身為平民的妲莉亞小姐若想和伯爵家的沃爾弗先生並肩而行，那必定是條『荊棘之路』。這是一位貴族說的。所以我希望妲莉亞小姐有天能當上男爵。」

「……這樣她就會幸福嗎？」

「我不知道。但若她自願穿越『荊棘之路』，我當然希望她得到幸福。」

費爾莫的表情就像為女兒擔心的父親。那模樣讓伊凡諾想起妲莉亞的父親卡洛。因此，他刻意換上開朗的聲音問：

「費爾莫先生，您想不想建新的工房？比現在大三倍，不，五倍的工房。」

「你每次拋出的話題都很突然。」

「如果有一間大工房，裡面放著最新的器材及稀有金屬和素材，旁邊再蓋間玻璃工房，除了工匠外，還能使喚魔導師和魔導具師，您覺得怎麼樣？」

「我沒那麼大的野心，做自己能力所及的事就夠了。我這個年紀已經不適合作夢了。」

男人瞇起深綠眼睛，側過身斜斜地望著伊凡諾。

伊凡諾見那道目光飽含疑惑和興趣，於是重新選擇措詞。

「這樣問好像行不通，我就開門見山地說吧。您想不想為羅塞堤商會，不，為妲莉亞小妲經營專屬工房？雖然現在說這些還太早，但我希望能找到值得絕對信賴的工匠和工房。」

「原來如此……妲莉亞小姐知道這些嗎？」

「不，這是我自己的想法。」

「那就算了。別誤會，我不是對你有什麼意見，只是覺得妲莉亞小姐明明沒這麼要求，我，不，我們卻擅自行動，好像不太對……」

男人的語尾小聲到像在嘆氣，伊凡諾哼笑了一下。

「您是男人，卻連主動追求的膽量都沒有嗎？還是您在工作方面也『上了年紀』？」

「……喂。」

聽見挑釁的話語，深綠眼眸宛如映出火焰般亮起。

他接著卻閉上眼睛不發一語，微微勾起嘴角。再度睜眼時，眼中已無熱度。

「……你的手段很高明，可惜我不是小毛頭，不會因為這樣就被煽動。」

「真可惜，果然薑是老的辣嗎？」

「我的確比你資深一點。」

「我想問來當作參考，您在什麼情況下才會被煽動呢？」

「家人有危險時吧，還有……我迷上的女人遇到危機時可能也會。」

費爾莫露出得意的笑容，伊凡諾垂下頭，雙手交握。

「……我再想想如何煽動您好了。」

綠塔廚房裡，妲莉亞切著蔬菜，沃爾弗切著肉。

妲莉亞突然有個想法，將冰桶裡的果汁和氣泡水拿一些出來，換成白酒和黑愛爾啤酒。

「妲莉亞，等等要喝酒嗎？」

「大家難得聚在一起，我想辦場羅塞堤商會的交流會。啊，家裡還有很多起司，還可以煮起司鍋。」

「謝謝。本來只是要試用爐子，變得越來越好玩了。」

見到沃爾弗的笑容，妲莉亞也跟著笑了。

幸好綠塔的院子很大，圍牆也很高，從外面看不見裡面的狀況。

而且綠塔左側兩戶人家都因為工作關係搬到了中央區，現在是空屋。

妲莉亞覺得等一下應該不會太吵，不過稍微有點聲響也沒關係。

「我收到『妖精結晶』了，下次來綠塔時帶過來。」

「謝謝。我也從別的管道取得了一顆，這樣就有兩顆，可以放心挑戰做備用眼鏡了。」

「謝謝妳。那副眼鏡讓我很安心，每次出門都一直戴著。」

沃爾弗戴上妖精結晶眼鏡後，妲莉亞和他一起上街時也不再被人盯著看。有了眼鏡，和他同行的人也能感到安心。

「對了，我聽說……妳收到了相親邀約。」

「我沒那個意思所以拒絕了。就連有人找我相親，我都覺得很驚訝。」

他可能是聽嘉布列拉或伊凡諾說的吧。嘉布列拉說，之後可能會有人透過商會提出相親邀約，因此被沃爾弗問到這個問題，她並不驚訝。

不過那雙金眸一直盯著她，害她有點緊張。

「假如……之後遇到條件很好的相親對象，妳會考慮嗎？」

「不，我想像現在這樣，自由自在做喜歡的事。」

她回答完忽然想到。

所謂條件很好指的是什麼？對方的地位、經濟能力、家世嗎？反正她現在對結婚不感興趣。

能做喜歡的工作、自由生活，比結婚好多了。

和沃爾弗一起做魔導具和魔劍，去想去的餐廳吃想吃的食物，喝著酒說說笑笑——如果可以的話，她想一直維持現在這種生活。

但她不太會描述自己的心情。

「沃爾弗如果遇到條件很好的相親對象，會考慮嗎？」

「不會，我也覺得……現在這樣就好。」

沃爾弗乾笑了一下，沒有看妲莉亞的眼睛。

◆ ◆ ◆

四人拿著食材和飲料來到院子時，陽光還很刺眼。

妲莉亞在草地上鋪上大片防水布，並在四個角落釘上釘子以免布捲起來，之後再擺上小型魔導爐和遠征用爐各兩臺。

「待會兒就用這爐子來煎肉和蔬菜，另一邊煮起司鍋。」

「起司鍋？是要把融化的起司舀起來喝嗎？」

「不，是要用蔬菜、香腸、麵包沾起司來吃。」

她望向沃爾弗，對方露出笑容點點頭，手裡還拿著起司鍋的食材盤。看來他已經準備好邊解說邊煮起司鍋。

「那邊就交給沃爾弗，我在這邊煎帶骨香腸。」

帶骨香腸是馬切拉的最愛。妲莉亞接下來要煎的就是從他推薦的店家買來的名菜。這香腸加了很多黑胡椒，一根就很有飽足感。

「等香腸煎好再來乾杯，先討論一下爐子需要改進的地方吧。」

每個人都盯著運作中的爐子，開始思考。

「戶外有很多不平的地方，爐底能止滑的話會更好。」

「在底部劃上鋸齒狀的線條可以嗎？」

「那很費工，而且沒有止滑效果。」

「不然就用克拉肯膠帶止滑。」

「這樣成本會變高。別用魔物素材，用軟糖腳做的止滑材料比較好。」

軟糖腳是一種植物，果實像軟糖，將果實煮過、曬乾再切割後，即可當作素材。

它很有彈性，用在有點滑的地方應該能止滑。可惜的是它壞得很快。

「軟糖腳很容易壞吧？」

「壞了再換就好。可以在爐底開四個洞，將軟糖腳塞進去，這樣使用者就能自行更換。」

「啊，這點子真棒！這樣我們就有定期的零件收入了。」

起司逐漸融化在酒中，飄散出獨特香氣。沃爾弗調整火力以防起司焦掉，接著將串好的香腸和白麵包放進起司鍋，示範給其他人看。

伊凡諾聽完說明，小心翼翼地嘗試。

「這鍋子真的太小了……」

「年輕人食量大……還是做成可伸縮的形式比較好。」

將麵包串放進起司鍋，立刻顯現出鍋子有多淺。

費爾莫也吃了塊沾有起司的白麵包，味道還不錯，但他滿腦子都是伸縮鍋的事。

「妲莉亞小姐，爐子底部不會變熱吧？」

「對，我放了火魔石專用的反射材料，熱只會往上傳。不過用了一陣子後整個爐子會變得溫溫的。」

「這樣啊，那就不怕會發生火災了。」

伊凡諾將帶骨香腸翻面，聽到回答放下心來。

若在帳篷內使用會發生火災，確實是一大問題。為了安全一定要設置反射材料。

「遠征時不會生營火嗎？我以為你們每天都會生火，確保安全。」

「一半一半吧，有時生火反而會吸引魔物，在容易發生火災的地方也不會生火。下雨天和沼澤地也沒辦法生火。」

「魔物會被火吸引嗎？」

「被吸引來的大多是想吃人，或沒看過人和火，基於好奇而來。不過也有例外，巨蛾(giant moth)晚上會被光吸引，所以在有巨蛾的地方，我們都不敢生火。」

「巨蛾真的很巨大嗎？」

「有我的一半大。只有一隻的話一劍就能擊倒，但數量太多就很麻煩。」

沃爾弗身高的一半約為一公尺。那麼大的蛾整群來襲會有多恐怖？妲莉亞光是想像就毛骨悚然，費爾莫也癟著嘴，臉色蒼白。

「呃，費爾莫先生，你怕蛾嗎？」

「……巨蛾最好全部死光。」

「這、這麼討厭嗎？」

「我有次去西山時忘了帶驅蟲藥，被蛾黏在身上，有夠癢的……」

「巨蛾的鱗粉有毒，碰到會超級癢……」

沃爾弗的嫌惡表情和費爾莫完全一致。看來真的很癢。

「有那麼癢嗎？」

「凡是碰到鱗粉的地方，就像被黑斑蚊密密麻麻叮過一樣癢！」

「我也曾被鱗粉撒到頭，當時癢到想把頭髮拔光。」

「哇……」

妲莉亞光聽就覺得很不舒服。

她在心中提醒自己，去山裡時絕對不能忘記帶驅蟲藥和止癢藥。

「啊，我突然想到！有種量販型的止癢軟膏裝在可摺扁的金屬容器裡。鍋子能不能做得像摺扁的部分那樣？」

「軟膏容器……啊，是『魔鋼渣』！是不是灰色底混了點黑沙的素材？」

「對，原來那叫『魔鋼渣』嗎？」

在金屬上賦予魔法，以提升耐久性的素材稱為「魔鋼」。

「魔鋼渣」則是將用不到的餘材或魔導具相關製品，熔煅後製成的素材。雖然經過處理，幾乎未殘留魔法，但難以再次進行魔法賦予，因此比魔鋼便宜得多。

「但我聽說魔鋼渣不適合用來裝食物……」

「只要做好表面處理，做成鍋子不成問題。我以前也用魔鋼渣做過水壺的內裡。不過摺疊加工只有魔導具師能做……如果想追求耐久性，就用有黏性的魔鋼渣吧。」

妲莉亞沒想到這點。

要改變魔鋼渣的形狀需要魔導具師的魔法，要做成鍋子則需要工匠的處理技術。因此魔鋼渣的可伸縮鍋，需要魔導具師和工匠合作才做得出來。

「這樣做要花多少錢？」

伊凡諾的聲音無情地響起。

到頭來最大的難關還是成本。

無論前世或今世，製作產品時都必須考量到成本。

她很希望不受預算和素材限制，想做什麼就做，但現實中沒這麼好的事。

「會比現在用的金屬多一倍……」

「又輕又能彎折的素材不多，選魔鋼渣可能是對的。我們再來想想要大量訂購材料以量制價，還是降低其他成本吧。」

「也對，總之先將要改良的地方整理出來，試著做做看吧。」

「費爾莫先生，我再和您討論表面處理的方法，抱歉在百忙中打擾。」

「嗯，沒問題，我隨時能撥出時間，別客氣儘管說。」

費爾莫和妲莉亞說著話，一旁的爐子冒出煙霧。

「這爐子火力滿大的。」

眼看帶骨香腸快要焦了，妲莉亞趕緊請其他三人拿起盤叉。

所有人選擇先喝黑愛爾啤酒，她直接將小酒瓶遞給大家。

「呃，讓我們為商會的臨時交流會乾杯，祈求所有人明天的幸運。」

「為羅塞堤商會乾杯！」

她慌張地帶頭乾杯，還好勉強像一回事。

要優雅地吃帶骨香腸有點困難。

妲莉亞打消念頭，大口咬下香腸，熱騰騰的肉汁隨即在口中擴散。為了避免燙傷，她一吞下香腸就喝了口黑愛爾啤酒。

黑愛爾啤酒沖淡黑胡椒的辛辣，舌頭嚐到肉香，喉嚨則感覺到啤酒的苦味和清涼。在藍天底下有種說不出的美妙滋味。

「呼，這樣真棒！大白天在戶外吃吃喝喝，太享受了！」

「伊凡諾先生，你還要再來根帶骨香腸嗎？」

「謝謝！我就不客氣了！」

「……伊凡諾先生，你剛剛在馬車上不是還在感嘆自己小腹凸出嗎？」

「那種事我早就忘了。啊，黑愛爾啤酒真好喝！」

伊凡諾對費爾莫的警告一笑置之，爽快地喝下黑愛爾啤酒。

一旁的沃爾弗已經喝完啤酒，開了白酒來喝。

「伊凡諾，乾型白酒和帶骨香腸也很搭喔。」

「咦，真的嗎？妲莉亞小姐，我也可以喝瓶白酒嗎？」

「當然可以。」

「你們這些人……」

費爾莫在防水布的邊緣坐下。

在微風徐徐的院子裡喝著黑愛爾啤酒，確實很快活。

然而針對遠征用爐還有很多事要考慮，現在興奮雀躍還太早。

他回想剛才討論的內容，認真思索表面加工的方法時，紅髮女子面帶笑容拿著杯盤過來。

「費爾莫先生，請用白酒和帶骨香腸，這兩樣也很配喔。」

「……謝了。」

他接過白酒和帶骨香腸，不得不承認味道真的很搭。

「妲莉亞小姐，不好意思！可以跟妳要點水嗎？我好像喝多了。」

「好，我順便拿其他飲料過來。」

妲莉亞笑著走向綠塔。沃爾弗想跟在她後頭，伊凡諾拉住他的袖子，對他耳語：

「沃爾弗先生，等一下。」

「怎麼了？」

「我有個方法可以降低售價。只要和乾燥鞋墊一樣，和魔物討伐部隊簽訂長期契約就行了。這樣我們也能和材料商簽長期契約，獲得較多的折扣。請您幫忙向隊長介紹。」

「好。我本來就打算給隊長看遠征用爐，會盡早向他提的。」

「能不能在乾燥鞋墊正式交貨的時候，展示遠征用爐呢？」

「這我就不知道了……我沒有這方面的權限。」

沃爾弗的表情轉為嚴肅。他雖然能向隊長介紹，但正式在全隊面前展示又是另一回事。

他是赤鎧，不是幹部，無權決定能否舉辦展示會。

「如果隊員反應不佳，可以請您私下向隊長美言幾句嗎？說『我國騎士團或許應該搶在他國之前，率先採購遠征用爐』。」

「什麼意思？」

「騎士遠征為的不一定是討伐魔物，也有可能是因為人與人之間的衝突。如果我對外宣傳說『遠征用爐哪裡都可以用，煙不多，行軍時也不會留下煮飯的痕跡』，可能會有其他單位向我們大量購買。若只考慮商會本身，其實賣給外國人也沒關係。」

沃爾弗越聽臉色越難看。

「……伊凡諾，你有對妲莉亞說過這些嗎？」

「沒必要吧。任何產品都要看用的人怎麼想。只要做出好用的產品，一定會受矚目，這爐子既可以當作軍用品，也可能被人惡意利用。所以為了商會，也為妲莉亞小姐的安全著想，我希望能盡早和騎士團合作。」

「知道了，我會盡我所能。有什麼事儘管跟我說。」

「好的。啊，不好意思拉住您。妲莉亞小姐一個人搬飲料太辛苦了，去幫她吧。」

「好，我這就去。」

沃爾弗點了頭放下酒杯，走向綠塔。

伊凡諾以眼角餘光瞄著他的背影，伸了個大懶腰。

「……喂，你想怎麼樣？」

「啊，費爾莫先生，你都聽見啦？」

費爾莫從後方搭話，伊凡諾沒有轉頭，從冰桶裡拿出兩瓶黑愛爾啤酒。

「是你故意讓我聽見的。不管怎樣，小爐子在騎士團普及開來後，很快就會被其他國家發現。」

「應該吧，和騎士團合作等於事先打廣告。接下來這些話，你就當我是在自言自語。真希望沃爾弗先生能獲得隊長信任，早點卸下赤鎧往上爬，替我們商會斡旋哪。」

那口氣像是在開玩笑，但不知為何，費爾莫知道他是認真的。

「伊凡諾先生，你會不會一個人衝太快了？小心摔跤。」

「我承認自己確實有點急。所以要請你幫忙，以防我摔跤後有人會哭。」

雖然他的聲音帶著笑意，但深藍雙眼試探性地望著費爾莫。

「都這麼危險了，您還不為自己『迷上的女人』感到擔憂嗎？」

這男人從骨子裡就是商人。他能夠考量工匠的意志和熱情，卻無法理解。

沃爾弗也一樣。他再怎樣都是騎士，再怎麼不拘小節都是貴族。

魔導具師與小物工匠。職業形式雖然不同，但同樣是製造者，因此以立場而言，費爾莫是最接近妲莉亞的人。

他的妻子和工房受妲莉亞幫助，他也很欣賞妲莉亞的職人才華。

伊凡諾正是將她的安全放在天秤的另一端讓他選擇。

這個人性格真壞。

「……你真是一肚子壞水。」

「我肚子不壞，只是凸而已。而且我還常被人稱讚『個性很好』呢。畢竟我可是被嘉布列拉小姐訓練出來的。」

伊凡諾一臉認真地說完，費爾莫回以深深的嘆息。

這個男人年紀比費爾莫年輕一些，個性卻很狡猾，這麼說來他的氣質確實有點像副公會長。

第一次爽快退讓，第二次迅速攻擊對方的弱點。他們在這點上真是相像到令人討厭。

費爾莫真不想與這種人為敵。

不過和這種人合作倒挺放心的。

「好啦，讓我加入吧，『伊凡諾』。」

「哈哈！沒想到你這麼快就答應了，『費爾莫』。」

伊凡諾打開酒瓶蓋，輕輕拋給費爾莫。

兩人用力碰了一下酒瓶。

「為羅塞堤商會的光明前程，以及關心商會長的下屬們乾杯！」

「……祝溫柔的商會長、小腹微凸的下屬、迷惘的騎士都有光明的未來，乾杯。」

兩人乾杯的話語，只有院子裡的花花草草聽見。

第三次製作人工魔劍～冰凍魔劍～

傍晚，妲莉亞和沃爾弗在工作間喝著加了萊姆的氣泡水。

伊凡諾和費爾莫剛才已搭乘事先叫好的接送馬車離去。

兩人喝了酒後感情變好，開始直呼對方名字，讓人印象深刻。

「妲莉亞，妳除了『妖精結晶』外，還有想找的稀有素材嗎？」

沃爾弗盯著完整的妖精結晶問，他之前只見過粉末狀的。

桌上的結晶體閃著七彩光芒，並吸收橘黃的暮色，呈現奇妙的色澤。

「我向人訂了黑史萊姆粉，因為所剩不多了。」

「妳真的這麼需要黑史萊姆嗎？」

「也不是，只是覺得它應該能拿來運用。」

「不能用其他史萊姆代替嗎？」

「其他史萊姆我也會用，但還需要多做點研究。」

具代表性的史萊姆有四種。

藍史萊姆、紅史萊姆、綠史萊姆、黃史萊姆，分別具有微弱的水、火、風、土屬性魔法，與其顏色給人的印象一樣。

沃爾弗視為仇敵的黑史萊姆溶解力強，很難運用。

妲莉亞認為在製作某些物品時，黑史萊姆還是派得上用場。

然而，她抱著這樣的想法，做出來的卻是日前那把會腐蝕人手的人工魔劍「魔王部下的短劍」。看來她必須再謹慎思考開發方向。

「沃爾弗，你常看到史萊姆嗎？」

「遠征中會看到……如果數量不多，就不需要驅除。」

史萊姆在山野間很常見，若只看到一隻沒必要大驚小怪。

不過出現一大群就恐怖了。妲莉亞聽說即使是身手矯健的冒險者，也有人因為遇到大群史萊姆而喪命。

「說到稀有素材，銀史萊姆有被用來當作素材嗎？」

「沒有耶，可能因為數量不多。」

據說礦山裡曾發現銀史萊姆，但妲莉亞沒有親眼見過。其特性不為人知，市面上也未流通這種素材。

「銀史萊姆有點像金屬，拿來當素材應該很好用。那變種魔物呢？」

「也很少人用。供給不穩定的東西沒辦法當作一般魔導具的素材……」

除了變種外，不同地區棲息的史萊姆的特性也有微妙的差異，這在魔物界是很常見的事。但變種的數量很少，很難被人遇到，因此不適合用在大量生產的產品上。

史萊姆過去被稱為「武器破壞者」，是最沒賺頭的魔物素材。

現在則被當作魔導具素材，在市場上有一定的需求，冒險者公會因而開始養殖。

若有機會，妲莉亞想去冒險者公會的史萊姆養殖場參觀。

「我最想親眼見識的，還是夢幻的『白史萊姆』。」

有人說世上也有白史萊姆，不過妲莉亞和她身邊的人都沒見過也沒聽過。

「白史萊姆……據說有回復效果，但我連在遠征中也沒見過。我記得學生時代有傳聞說神殿裡有白史萊姆。」

「我也記得，好像是高等學院流傳的『王都七大不可思議』之一？」

「好懷念『王都七大不可思議』……」

十幾歲的孩子大多喜歡奇妙故事和怪談。

念高等學院時一定會聽說的「王都七大不可思議」也是其一。

王都七大不可思議中，有一項是「神殿裡住著會回復魔法的白史萊姆」，被人說得煞有其事。

不過，妲莉亞並未聽說有人實際接受過神殿白史萊姆的治療。

「黑史萊姆粉可以用來賦予，不知道白史萊姆粉是不是也可以賦予在劍上？」

理論上應該辦得到，但妲莉亞想到白史萊姆的功效，疑惑地歪起頭。

「白史萊姆擁有的是回復魔法吧？用劍刺人又讓對方復原，這樣有意義嗎？」

「可以用來拷問間諜啊。刺完就能復原，被拷問的人既不會死，又會持續感到疼痛，很有用耶。」

「別說了，好恐怖！」

他為什麼每次都用爽朗的笑容，說那麼嚇人的話？

「抱歉抱歉。認真說起來，白史萊姆或許能對付不死系的魔物。」

這點妲莉亞倒是沒想過。回復魔法確實能打倒不死者。

若有白史萊姆粉賦予的劍，討伐可能會更方便。

不過她忽然想到，現在打倒不死者好像是靠神官的淨化魔法。

「你覺得對付不死者，是神官的淨化魔法比較有效，還是白史萊姆粉賦予的劍？」

「應該是神官吧。大神官真的很厲害，我們再怎麼砍，不死者都會復活，大神官唸句咒語就能達到大範圍淨化。」

聽起來的確很厲害，而且這樣對不死者來說可能比較好。被神官施予淨化魔法，感覺更能安心升天。

「大神官不怕不死者嗎？」

「不怕。我曾在一旁保護大神官，他見到不死者完全不會緊張，還笑著說『活人更可怕』。」

大神官唸句咒語就能淨化不死者，說這番話非常有道理。

「隊友還對我說『你也去淨化一下』……」

「活人也能淨化嗎？」

「不。我平常只是努力打倒魔物，隊友們卻稱我為『魔王』……他們是要我淨化身上的魔王成分。」

真可憐。隊友們只因為他看起來很輕鬆，就忽視他的辛勞和努力。妲莉亞想說些話讓他打起精神時，聽見杯中冰塊碰撞的聲音。

「沃爾弗，要不要來做做看『仿冰劍』？」

「『仿冰劍』？」

「雖然只是簡單的實驗，算不上魔劍，但我想改造劍刃，做做看我們上次去公園聊到的仿冰劍。」

沃爾弗愣了一下後，露出少年般的笑容。

「在劍柄裡放入冰魔石，設置反射材料，讓魔力流向劍刃，應該就能做出冰刃。儘管外觀好看，威力不強，仍能當作一次測試。」

「……好像很好玩。」

妲莉亞這次也成功引發了沃爾弗的「魔劍病」，她繼續說明細節。

「若是用賦予魔法，以我的魔力只能短暫維持涼度。不過若在劍柄中放入冰魔石，應該能做出像樣的冰劍。只要不在其他零件上進行賦予，就不會發生魔力反彈或抗衡的問題，可以成功將劍組起來。不過這樣可能會浪費一把短劍……」

「不會，拜託妳一定要做。『冰魔劍』超帥的。」

那雙金眸閃閃發亮地盯著妲莉亞，光芒不輸妖精結晶。

「好，總之就試試看吧。」

他們再度開始挑戰製作前所未有的魔劍。

◆◆◆◆◆◆

沃爾弗注視著做起東西來就心無旁騖的妲莉亞。

妲莉亞拿起他拆開的短劍，用魔力改變劍柄內部形狀，製作魔石袋。接著細心鋪設銀色的反射材料，裝上魔法管，讓冰魔石得以嵌入。

而後再由柄往刃筆直地畫出冰魔石用的魔力線。短劍上浮現一道藍白光芒的軌跡，很有神祕感。

她將冰魔石的開關裝在劍柄底部，一按開關，魔石就會進到正確的位置。

如果能用魔力驅動會更方便，可惜沃爾弗沒有外部魔力，他們便討論出這樣的做法。

「麻煩你組裝了。」

「沒問題，交給我。」

沃爾弗接過短劍，裝入冰魔石，將劍組裝起來。為慎重起見，他還檢查了兩次，確定刃和柄不會分離。

按下開關，短劍的劍刃立刻變冷、變白。

不一會兒後，冷卻的劍刃周圍便結出數公分的薄冰。

劍刃本身是銀色，旁邊圍繞著白色的冰，越往外越透明，色調十分美麗。儘管這樣就收不進劍鞘，但確實是把有模有樣的冰之短劍。

這把劍和前兩次相比，做法簡單得多，花的時間也很短。

妲莉亞雖然說這是「簡單的實驗」、「只是仿冰劍」，但沃爾弗已經玩得很開心了。

他望著短劍出神了一會兒，發現自己持劍的手也開始變冷。

仔細一看，劍柄浮現出薄薄一層像霜的東西。

「明明裝了反射材料，把手卻還是會變冷……是反射材料的特性嗎？還是反射材料和冰魔石位置或角度的問題……？」

妲莉亞皺著眉頭喃喃自語。看來她沒料到劍柄會變冷。

「整把劍都是冰的，不如就叫『冰凍魔劍』吧。」

「取再帥氣的名字也沒用，持劍者被凍僵怎麼行？沃爾弗，把劍還我，凍傷就糟了。」

「不會，這樣涼涼的很舒服。」

那把劍很冰，但沃爾弗怕妲莉亞會把劍拆開，不想馬上還給她。

「天氣越來越熱，帶這把劍去遠征應該很涼快。」

「想消暑的話，請直接用冰魔石。」

「可是用『冰凍魔劍』比較浪漫。」

「遠征時有必要追求浪漫嗎？只會讓行李變重而已。」

妲莉亞斬釘截鐵地這麼說，令他有點沮喪。

他希望對方想像一下。

夏天遠征，在行軍閒暇時，把劍拿出來欣賞不是很好嗎？站夜哨時也行。

既能消暑，外觀又美，而且製作者還是優秀的魔導具師妲莉亞，太完美了。

「總之先關掉開關吧。要是凍傷可就笑不出來了。」

妲莉亞淡淡地說完，沃爾弗突然好奇一件事。

「妲莉亞，我可以按著開關，大力揮劍試試看嗎？我想知道劍刃周圍的冰會不會掉。」

「可以是可以，但小心別凍傷了。而且也不知道冰會往哪裡飛……」

「知道了，我去外面試。」

為避免冰在室內亂飛，沃爾弗往綠塔外走了幾步，用右手舉起短劍。

他將開關按到底，朝無人的院子使勁一揮。

「……唔！」

「沃爾弗！」

意外的狀況使他驚慌，姮莉亞也在同時喊他的名字。

短劍上的冰一下子變厚，連把手也開始被冰包覆。

「對不起！都是我的錯……」

「不，是我的問題。我按開關按得太用力，揮劍前又不小心往劍柄方向拉了一下。」

他的右手和劍柄全被白冰包覆，像是將手伸進雪球裡一樣。

雖然很冷，但這奇妙的光景讓他笑了出來。

「等、等一下！啊，去浴室！我馬上放熱水幫你把冰融化！」

「不用了，在這裡把冰敲開就好。」

「要是連手一起敲碎怎麼辦！」

「我會用身體強化，不會有事的。」

「可是如果被滑開來的冰割傷手……」

「那就淋回復藥水，再嚴重就去神殿所以沒事……姮莉亞？」

姮莉亞用從未有過的力氣緊抓住沃爾弗的左手。她雙唇緊閉，綠眸泛著淚水，懇求似的望著沃爾弗。

這下他完全沒辦法逃了。

「沃爾弗，我們去浴室吧！」

「……好。」

妲莉亞領著他到三樓的浴室，要他坐在浴室的椅子上。

她太過慌張而轉錯熱水器，蓮蓬頭噴出大量溫水，濺得到處都是。但見她一臉嚴肅，沃爾弗也不好說些什麼。

他只能乖乖讓妲莉亞按住自己的手，不停沖熱水。

所幸冰塊很快就融化，他既沒受傷也沒被凍傷。

短劍也關上開關，停止運作。

「全都融化了，真的沒事嗎？手會不會痛？」

「不會，還能動，一點事都沒有。」

「太好了。如果你受傷了，我不知道該怎麼辦……啊，抱歉，把你的襯衫弄溼了……」

明明沒有大礙，妲莉亞卻如此擔心。這讓沃爾弗有些害臊。

「我真的沒事。」

妲莉亞鬆開沃爾弗還很冰的手，那股溫度令他眷戀。

他抬起視線想拋開這種感覺，卻震驚到全身凍結。

「妲莉亞，那個……妳還是去換件衣服吧，免得感冒了……」

她的白色短袖上衣和麻質長裙都被熱水濺溼。

衣服緊貼皮膚，突顯身體線條，有些地方還變得透明，讓沃爾弗目光不知該往哪擺。

「嗯，真的溼透了呢，我去換衣服。你身體還很涼，趕緊沖個熱水澡以免感冒。我等等從樓下拿工作服上來，你換穿工作服的上衣，我用吹風機幫你把襯衫烘乾。」

「不好意思，麻煩妳這麼多……」

「不，我才要向你道歉。我應該多注意冰魔石的方向性。」

妲莉亞表情陰鬱地低下頭。

沃爾弗見她走出浴室後，解開溼襯衫的鈕釦。手指還很冰，動起來不太靈活。他好不容易脫完衣服，將水量開到最大。

「……真慚愧。」

他這麼說著，並深深嘆了口氣。

妲莉亞對自己的衣服被淋溼毫不在意，沃爾弗內心卻產生波瀾，他感到很慚愧。

又不是十幾歲的小男生，妲莉亞這麼擔心他，這樣對她實在太失禮。

自己最近有點奇怪。

可能是訓練不足或體力過剩。

等一下回軍營後就去長跑，或找人到練習場對打好了。還是該找多利諾大喝一場，再去花街——沃爾弗想到這裡，搖了搖頭。

他不該在這裡想這種事。至少，不該在妲莉亞身邊想這種事。

沃爾弗將水龍頭轉到冷水，從頭淋下。

不斷沖水，直到身體完全變冷。

「……真慚愧。」

妲莉亞急忙回房換完衣服，回到樓下的工作間，深深嘆氣。

她的疏忽差點害沃爾弗受傷。

她因為好玩而提議做冰劍，以為做法很簡單所以掉以輕心，衝動之下做出這樣的成品。

身為魔導具師卻忘記魔導具的危險性，只能說她興奮過了頭。

剛才用熱水融化沃爾弗手上的冰時，那股冰冷的感覺令她戰慄。

可能是因為今天聊到遠征話題時提到的「最後的晚餐」一詞還留在她腦海的緣故。

假如哪天沃爾弗也變得冰冷——她光這麼想，就差點哭出來。

直到沃爾弗說自己沒事，她才終於回神。

而後，她隨口說了些想到的事，便道歉逃離浴室。

擔任魔物討伐部隊的赤鎧是沃爾弗自己的選擇。

懷疑他的能力，擅自為他擔心甚至感到恐慌，對他很失禮。

她不是沃爾弗的家人或戀人。不該擔心，而該給他支持才對。

只要以朋友身分，做出能幫助他的魔導具或魔劍就好。

但想到那股冰冷的感覺，她還是心痛到覺得自己很難堪。

她不想讓沃爾弗知道自己是這麼膽小的人。

妲莉亞努力轉換想法，腦中浮現黑髮和襯衫都被淋溼的沃爾弗。

「日本好像會用『帥到滴水』來形容英俊的男生……」

她想起前世的俗諺喃喃自語，五秒鐘後滿臉通紅。

紫雙角獸

「沃爾弗，你是早上才回軍營，剛洗過澡嗎？頭髮還是溼的。」
「不，我晨練完去沖澡。反正今天很熱，動一下就流汗，我也懶得擦乾。」
「自主晨練？我們等一下還要訓練耶……」
在魔物討伐部隊的待命室中，多利諾傻眼地望著沃爾弗。
今天從早上就有跑步等訓練體力的行程，下午則要分組進行對戰訓練。
天氣這麼熱，整天行程又排得很滿，多利諾無法理解沃爾弗為何還要自主晨練。
「我和前輩一起晨練，只完成了他的一半……」
寇克跟在沃爾弗身後，剛才被沃爾弗擋住，多利諾沒看到他。他的頭髮也是溼的。
寇克最近常和沃爾弗一起行動，剛才也陪他去晨練。
「你們晨練做了什麼？」
「繞著部隊的鍛鍊場跑了十圈，再揮劍五百下。」

「在訓練前做這麼多練習，太奇怪了吧？」

沿著部隊鍛鍊場外圍跑一圈，距離相當長。重點是部隊早上的訓練就是要跑十圈。這不是早餐前暖身應有的練習量。

「不，沃爾弗前輩的練習量比我多了一倍……」

「沃爾弗，你為了跳更高而在減肥嗎？」

多利諾語帶調侃地問道。沒想到沃爾弗卻一臉嚴肅，毫無笑意。

「……我這幾天睡不太好。想消耗體力，晚上比較好睡。」

「不如去醫務室領安眠藥吧？」

「多利諾，安眠藥對我和沃爾弗都沒用。」

一旁的蘭道夫低聲說道。

沃爾弗和蘭道夫都是伯爵家出身。為了防止遭人下藥，他們很早就必須習慣安眠藥。不過沃爾弗是進了高等學院後才開始練習。

「啊，好像是耶，之前有聽你們說過。抱歉我忘了。」

「呃，那請魔導師施予睡眠魔法呢？」

「睡眠魔法的效用很短。」

「也對，好像只有三小時……」

仔細一看，沃爾弗眼睛底下有著明顯的黑眼圈。他很注重身體健康，這對他而言很不尋常。

多利諾拍了下他的肩膀，湊到他耳邊說：

「沃爾弗，你要是這麼想睡，我們不如久違地去一趟花街，找漂亮的大姊姊……」

「發布緊急討伐命令。今天待命的人員，全部集合！」

多利諾話說到一半，身後有人大聲說道。

魔物討伐部隊長古拉特快步走進待命室。見到那凝重的表情，隊員們也跟著緊張起來。

室外和其他房間的隊員也被緊急召回，待命室內擠滿了人。

「南方幹道的水源地出現紫雙角獸（bicorn），緊急出動討伐！」

待命室內的空氣突然沉重起來。

有人以手扶額，有人緊閉雙唇，就連向來冷靜的資深騎士們也皺起眉頭。

「目前發現四匹，實際上可能更多……」

聽見古拉特的低沉嗓音，平時從不多話的隊員們開始竊竊私語。

「……我不想去。」

「真心想避開……」

「沒辦法……真的沒辦法……」

那些表情扭曲的騎士後方，有個新進騎士歪著頭。

「紫雙角獸有這麼強嗎？」

「喔，你還沒遇過吧？紫雙角獸是一種很壞的變種魔物，戰鬥力不怎麼強，卻會引起強烈幻覺。」

「有多強烈？」

後輩小聲詢問，騎士目光空洞地回答：

「牠會用幻覺將自己變成對手喜歡或重要的人。通常是妻子、小孩、戀人或父母。所以人們在攻擊牠前都會有所猶豫。牠的魔法防禦力又很高，若用遠距魔法，除非神準無比否則殺不死牠。而且一靠近牠就會被踢，力道又大又凶殘。要是被幻覺迷惑，沒立刻砍牠，不死也會受重傷。附帶一提雙角獸不是草食，而是雜食……」

「嗚哇……也太討人厭……」

新人皺起眉頭，終於明白前輩們為何慌張。

若看到那種幻覺，根本不可能戰鬥。而且雙角獸本身就已經夠凶悍的了。

面對交頭接耳的隊員，古拉特正色道：

「敵人太難纏，我希望盡快動身，在今天內解決。」

「古拉特隊長，有必要這麼急嗎？不能從其他騎士團借調弓騎士來支援嗎？」

「我年輕時，紫雙角獸出沒之處曾被稱為『能和逝者相會的地方』，民眾紛紛前往，短短幾天就有許多人喪命。我們後來討伐了雙角獸，卻被民眾怨恨。」

「……了解。」

可以理解有人明知是幻影，也想和逝者相會。

但部隊不能讓民眾白白喪命，也不想因為討伐雙角獸而被民眾怨恨。

「自願前往的人可以獲得些許津貼，人數不足就擲硬幣決定。」

「我自願。我不需要津貼，但希望能優先購買雙角獸素材。」

「好，可以分一匹給你。」

「謝謝。」

最先舉手的是沃爾弗。

紫雙角獸的魔法防禦力很高。他心想送給妲莉亞當魔導具或魔劍的素材應該很適合，立刻表明意願。

「我也願意去。偶爾想瞞著老婆，喝點好酒。」

「好，可以從我的收藏品中挑一瓶送你。」

古拉特的話引發一些笑聲，但自願者依然很少。

最後，自願者包含沃爾弗在內只有十個人。其中有五名是赤鎧。

為了湊齊人數，便按魔物討伐部隊傳統以擲硬幣決定。

擲出正面和擲出反面的人分別站在待命室的左右兩側，進行好幾輪篩選。

「拜託給我好運！」

「我是真的不想去……！」

祈禱和感嘆聲此起彼落，終於確定再加二十個人出動討伐。

副隊長葛利賽達率領三十名隊員、四名魔導師，快馬加鞭前往討伐地。

他們在正午過後抵達南方幹道的水源地，將馬停在靠近水源地的地方，只有隊員繼續往前走。

「……就算知道是幻影還是很難受。」

「連我這個魔導師用了防幻覺的魔導具，還是會看到兩種影像疊在一起，真的很強……尤其是右邊那兩匹。」

葛利賽達和一名魔導師低聲交談。

魔導師透過魔導具看見的雙角獸呈現偏黑的深紫色，和獨角獸很像，但比獨角獸大一些，紅色眼睛細長銳利。

與獨角獸最大的不同，在於那兩支如黑曜石般泛著光澤的犄角。

「雙角獸很難用遠距魔法攻擊嗎？」

「是的，紫雙角獸的魔法防禦力很高，若未一擊打倒就會逃掉。這裡有四匹，或許可以用風魔法或冰魔法爭取一點時間，防止牠們逃跑。」

「那就趁牠們動作變慢時出擊吧。但這麼做……有點難。我很難對這兩個人下手……」

葛利賽達望著雙角獸，聲音異常激動。

「副隊長，冒昧請問您說的兩個人是？」

「我看見妻子抱著女兒的幻影。」

「那真的很難受……」

到底有誰能毫不猶豫地砍死看起來像愛妻和愛女的雙角獸？

「您呢？」

「我看見的是妻子，要對她施魔法需要一點勇氣。各位弓騎士呢？」

「我看見的是未婚妻。這是很正常的幻覺……不行，我沒辦法果斷地朝她射箭。」

「我也不太敢朝妻兒放箭……」

他們悄聲對話，每個人的聲音都流露出苦惱。

即使用了可以近距離隔音的魔導具，還是能感受到彼此散發的鬱悶。

「……怎麼辦？我看見的是經常在部隊大樓遇到的女僕。」

「等等再聽你說。我看見的是花街上『宵闇之館』的紅牌小姐，法比奧拉呢。」

「多利諾，你花錢供養她原來不是玩玩，而是真心的嗎……」

「好像是耶，我也嚇到狂冒汗……」

有些沒發現自己心意的人被迫面對真相，沉痛地說道。

「蘭道夫呢？」

「……沒有比這更糟的幻影了。」

蘭道夫反常地露出乾笑，注視著雙角獸。

「有哪位赤鎧願意擔任先鋒？不用勉強沒關係。」

「……我去。」

副隊長葛利賽達問完，沃爾弗往前站了一步。他低著頭，臉被瀏海蓋住，看不清表情。

「不愧是沃爾弗雷德。」

「我記得他上次也說，他看到的雙角獸就只是雙角獸。」

「就某方面來說滿可憐的，連一個心儀對象都沒有。」

「也是……」

一些騎士在稍遠處對沃爾弗投以同情的目光。

沃爾弗沒察覺他們的視線，得到葛利賽達的允許後，開始為衝鋒做準備。

「副隊長，我這次也想擔任先鋒。」

一名藍灰色頭髮的騎士出列，和沃爾弗擦身而過。

他是尼古拉．阿斯托加，年紀比沃爾弗大將近一輪。不過他並非赤鎧，而是一般隊員。

「尼古拉，感謝你自告奮勇，但這樣沒問題嗎？」

「是的。不去反而有種輸給幻影的感覺……請讓我打頭陣。」

「……好，你就和沃爾弗雷德一起當先鋒吧。」

尼古拉語氣悲傷，葛利賽達愣了一下才答應他的請求。

沃爾弗多拿了一把長劍，尺寸和他平常用的劍相同。他將兩把劍的劍鞘放在地上，輕輕揮動手臂，感受劍的重心和揮劍時的手感。

「沃爾弗，你要帶兩把劍上場？」

「我想盡量節省時間，一口氣砍倒雙角獸。」

「你真的沒問題嗎？」

「嗯。」

沃爾弗低著頭回答，他不想讓周圍的人問他看見了誰。

「目標是右邊那兩匹。我覺得很不舒服，想率先衝出去。多利諾，你可以掩護我嗎？」

「好，我晚你兩秒出發。你若沒成功，我閉著眼都會砍下去，不用擔心。蘭道夫，如果我和沃爾弗被雙角獸踢了，請你用盾牌護住我們。我們用了身體強化，被踢一次應該還撐得住。」

「沒問題。」

沃爾弗檢查完武器和防具後，與魔導師和另一位前輩討論位置。

萬一先鋒討伐失利，會由其他隊員接手攻擊，但那充滿惡意的幻影是最大的問題。

一瞬間猶豫，就會被雙角獸踢中；一個不小心，就會去往另一個世界。

左邊是前輩騎士，右邊是沃爾弗，後方站著多利諾等多名騎士。

葛利賽達用望遠鏡確認過地面狀況後一揮手，沃爾弗立刻衝了出去。

他將身體強化開到最大，同時用天狼手環加速。

這是他第二次見到紫雙角獸。

上次雙角獸在他眼中就只是雙角獸，他無法理解其他人為何遲疑。

這次他終於看到幻覺，明白那股遲疑，而且打從心底感到火大。

出現在他眼前的是紅髮綠眸的女人。

他看見妲莉亞穿著薄衫對自己微笑，但他知道那絕不是妲莉亞。

她本人的紅髮更加柔軟，眼睛是毫無陰影的祖母綠色。

「……開什麼玩笑……！」

沃爾弗的喉嚨不自覺發出低沉的怒吼。

區區一隻魔物，竟敢變出這種幻影。

明知如此，看見張開雙臂，笑著歡迎自己的妲莉亞，他還是有一瞬間差點緩下速度。

你不是妲莉亞，絕對不是。

妲莉亞身上帶著溫暖的香氣，令人想到太陽和甜甜的花。

而不是像你這樣，渾身散發野獸的味道——沃爾弗想著便睜大眼睛，眼中的雙角獸隨即恢復成雙角獸的模樣。

雙角獸朝他衝來，他將兩把劍交叉，劃出兩條線將雙角獸砍成四截。

另一匹雙角獸想逃，他踹了一下旁邊的樹木躍至空中，從後方斬斷牠的頭。接著用另一把劍將牠的身體也砍成兩半。

他身上穿的赤紅鎧甲，被雙角獸噴出的血染得更紅。

手持大劍的騎士也往另一側的雙角獸衝去。那雙藍眸瞇了一下，速度卻完全沒減緩。

「別不乾不脆的！」

騎士大吼的同時，轟然刮起一陣風。應該是魔導師們想用魔法阻礙雙角獸的行動。

雙角獸瞬間無法動彈，想用前腳迎擊，但力量不足，騎士連同前腳將牠的前半身砍下。

旁邊的雙角獸想逃，被橫掃的大劍撞飛，噴出大量血沫。

當騎士垂下大劍之際，兩匹雙角獸已經動也不動了。

「全員搜索四周！可能有其他雙角獸！」

所有騎士聽見命令，一同出動。

確認完沒有其他雙角獸後，騎士們開始採集雙角獸身上的素材，進行事後處理。

緊張的氣氛終於緩解，騎士們互相搭話。

「這種幻影真討厭。」

「對啊，希望能有完全消除這種幻影的魔導具……」

「沃爾弗雷德剛才好像很生氣，不知道他看見誰了。」

「應該是公爵夫人吧。愛慕的夫人以煽情姿態出現在森林裡，他看了一定很火大。」

「唉，他也淪陷了嗎？不過對象也太糟……」

「雖然讓人同情，可是這也沒辦法。就算是對沃爾弗雷德，那位夫人想必也不會付出真心。」

「的確。她已經不只是高嶺之花，而是天上的星星了。」

他們說的是前公爵夫人，艾特雅．加斯托尼。

女人們說她用權力和財力，迫使沃爾弗服侍她；男人們則說，沃爾弗自願拜倒在她的權力和美貌之下。

她是王妃的嫂嫂，擁有高階貴族的地位，丈夫早逝，有個英俊的情夫──關於她的傳聞不絕於耳。

「竟得在這種狀況下面對自己的心意，太殘酷了……」

「回王都後喝個爛醉吧……」

「好，今天只管喝酒嬉鬧，什麼都別想，倒頭就睡。」

陰鬱的感嘆聲此起彼落。

有些人沒有說出自己看見了誰，只是默默地嘆氣。

「看來你得從探聽女僕的名字開始了。」

「她長得那麼可愛，一定有男朋友……」

「別輕易放棄，問問看就知道了。是男人就該下定粉身碎骨的決心。」

「我不想粉身碎骨啊……多利諾你自己呢？」

鼓勵他人追愛的多利諾望向遠方，無力地笑了笑。

「法比奧拉連在貴族圈也很受歡迎，怎麼可能看得上我？我當然是回家喝悶酒啦，討厭～」

「這種時候搞笑只會顯得很空虛，多利諾。」

「吵死了，蘭道夫。你看見了誰？」

「……我不說。」

「不行，你都聽我們說了，你自己也要說。」

看來這些人不需要酒，也能熱絡地聊起戀愛話題。

明明沒喝酒，卻已經七嘴八舌，宛如身在酒席間一般。

儘管身後一片嘈雜，沃爾弗仍未回頭，脫下了盔甲。

他拿起水魔石，直接往頭上沖水。渾身都是血跡，散發血腥味。

再度清洗頭髮時，藍灰色頭髮的騎士來到他身旁。

「沒受傷吧，沃爾弗？」

「我沒事，阿斯托加前輩呢？」

「我剛才太用力，導致大劍一部分受損了。」

男人笑著說完，也開始用水魔石洗頭、洗臉。

他臉上滑落的水珠看起來宛若眼淚，令沃爾弗有些在意。

「前輩剛才的劍技真精彩……可以請問你看見了誰的幻影嗎？」

「難得你會問這種問題……我看見了前年離婚的妻子。我太常遠征，讓她覺得自己就像沒有丈夫一樣。」

兩人過去很少交談，對方用平靜的聲音回答。

「抱歉問了失禮的問題。」

「這沒什麼。既然能砍下去，就代表我已經放下了吧。我過一陣子會試著參加人家幫我安排的相親。沃爾弗雷德呢？」

沃爾弗猶豫了一下該不該對他說真話後，開口說：

「……我看見了重要的朋友。雙角獸和我自己都讓我感到想吐。」

「無論對方是誰，都別想太多。幻影不見得是你喜歡的人，也有可能是你重視的人。我在看見前妻之前，看見的是早夭的弟弟。我還記得當時自己非常生氣。」

「弟弟嗎……」

「對。也有人看見家中的孩子、已故的親人。紫雙角獸讓我們看見的，或許是『想守護的人』或『曾經想守護的人』也不一定。」

看見的是「想守護的人」——這個說法解開了沃爾弗的心結。

而「曾經想守護的人」這個詞，令他想起母親凡妮莎。

他腦中浮現倒在地上，再也不會動的冰冷遺體。那沾滿泥土的黑髮忽然變成了紅髮，他嚇得心臟都要凍結。

當時他沒能力守護重要的人，為自己的軟弱後悔哭泣。他不想再體驗那種感覺了。

「我們都要變強，不能讓魔物有可乘之機。」

「對，要變得更強。」

沃爾弗回答完，終於露出平時的笑容。

幕間　前輩工匠與利息

費爾莫・甘道菲是甘道菲工房的工房長，也是一名小物工匠。

他的工作是依客人需求，用金屬或魔物素材做出瓶子、唧筒、噴霧器、管子、箱子等各種物品。

他父親也是小物工匠，但是為了學習更廣的技術，他十五至二十一歲時曾至其他工房進修。

後來回到自家工房，繼承父親衣缽至今已超過二十年，對這份工作有一定的自信。

從以前人們就說他既頑固又不懂變通，他也知道自己是如此。

他年輕時很愛和人吵架，只要別人稍有隱瞞，他就會緊咬不放。

隨便做沒關係，便宜賣給我就好——他對這麼說的客人感到憤怒。

你儘管用比公告劣質的材料——他向這麼說的仲介業者抗議。

見商會趁人之危，開出不合理的價格，他便拒絕往來。

但他至今仍能接到工作，這全是因為有信賴他手藝的常客一直和他合作，因為他妻子勤跑業務，也因為同業經常介紹工作給他。

然而，近來常客的事業由下一代接班，他妻子也病倒，他的工房因而開始走下坡。雖然還可以拜託同業，但對方看起來也不太好過，因此費爾莫開不了口。

工匠若做不出東西、缺乏客人或與客人連結的管道就無法生存。

上個月應嘉布列拉的要求前往商業公會時，他暗自下定決心，絕對要守護妻子和徒弟，別再固執己見，無論對方是怎樣的人，自己都要低頭。

「我是羅塞堤商會的妲莉亞，請多指教。」

出現在會議上的是一名有著鮮紅色頭髮、亮綠色眼睛的年輕女子。稚氣未脫的她竟是羅塞堤商會長，費爾莫對此深感驚訝。

令他更驚訝的是，她也是一名工匠。

嘉布列拉在信上說她是「優秀的魔導具師」，所言不假。

見到桌上的起泡瓶吐出細緻的白色泡沫，費爾莫對其運作原理無比好奇。

他帶著起泡瓶到另一間房刮了鬍子。當時他自問，能否不拆開瓶子就明白原理，但完全辦不到。

後來他拆開瓶子，恍然大悟之餘也感到佩服。

就小物工匠的觀點看來，有些地方可以改進。瓶子的邊角不夠圓滑，重心也該再往下移一點，好讓瓶身穩定。儘管他這麼想，仍受起泡瓶的功能和結構吸引。

可是聽到妲莉亞提議用「共同名義」登錄起泡瓶的利益契約書，費爾莫很憤怒。

他的工房正在走下坡。他以為是嘉布列拉指使妲莉亞這麼做，以幫助他的工房站起來。他不想接受這種同情。

但他錯了。

妲莉亞只是想改良起泡瓶，和費爾莫一同做出成品。

明白這點後，費爾莫真想找個地洞鑽進去，或叫人往他頭上潑一桶水。

當費爾莫正為這種小事煩惱時，妲莉亞直視著他說：

「您一定能改良它，或做出不同的版本，對吧？」

甘道菲工房既非貴族青睞的製造商，也不認識什麼有權有勢的商會。

費爾莫僅僅在她面前，將起泡瓶拆開、組裝、研究結構。

妲莉亞只觀察了他手部動作，光憑這點就對他的手藝深信不疑，將改良和開發衍生商品的工作交給他，還說他「一定」沒問題。

若有工匠到這個地步還沒有幹勁，他肯定會嗤笑對方。

「我可以。」

妲莉亞聽他這麼說完，露出燦爛的笑容，看起來很開心。

聽見費爾莫的各種提議，她的綠眸閃爍著光芒，興奮到音調變高，身體前傾。費爾莫受她影響，說得越發起勁，顧不得他們才第一次見面，連敬語都忘了用。

不過，起泡瓶是妲莉亞的發明。用「共同名義」登錄利益契約書，他還是覺得過意不去而打算拒絕。

這次換妲莉亞誤會他的想法，露出萬分沮喪的表情。

「您不希望自己的名字和我這種新人並列在契約書上對吧……」

等等，我根本沒這麼說，連想都沒想過。

而且像妳這麼能幹的工匠還自稱新人，太奇怪了。我們早就是平起平坐的同業——費爾莫壓抑住想這麼說的衝動，在心裡舉雙手投降。

接著答應了共同開發者的提議。

他在各方面都拿這個後輩工匠沒轍，但他仍有身為前輩工匠的骨氣。

因此，費爾莫對她說：

「我會努力構思好商品，按部就班製作，總有一天要讓妳賺大錢。」

「羅塞堤商會長是個怎樣的人？」

那天，他從商業公會回到家，聽到妻子這麼問立刻回答：

「是個和我很像的工匠。」

「那可麻煩了。不過也是件好事。」

妻子芭芭拉笑著說道。他們光是這樣，就明白對方的意思。

「那個人既是商會長，又是工匠？」

徒弟們疑惑地面面相覷。

費爾莫只簡短地回了聲「對」，便換上工作服，想盡快工作。

對，她是工匠。

妲莉亞．羅塞堤無疑是個工匠。

她大方說明自身產品的結構，比起利潤，更重視產品的可能性、實用性、耐久性和多樣性。

為了做出更好的產品，不惜動用所有資源，即使自己的利潤可能減損，她也毫不遲疑地邀請其他工匠共同製作，和對方並列為開發者——她正是以魔導具師為名的工匠。

而且還是重症工匠，自願投入名為創造的泥沼深處，忘卻一切，為作品奉獻靈魂。

費爾莫在她身上嗅到同類的氣息，帶著愉悅的心情開始工作。

過了一些時日，費爾莫受邀至妲莉亞住的綠塔。

他在那裡聽商會員伊凡諾說了妲莉亞的狀況。他雖然覺得這狀況很棘手也很累人，但無意同情對方。

這番話太失禮，他不敢當面對妲莉亞說，但內心覺得解除婚約對她而言是個好機會。能盡情做想做的東西，拓展作品的範疇，是工匠的幸福。

而且照這樣看來，女性的幸福也在離她不遠之處，終會有好結果——不過費爾莫可沒閒到會去干涉別人的戀情，自願被八腳馬踩死。（註：源自日本俗諺「妨礙別人戀情的人，會被馬踢」）

羅塞堤商會是她的安全領域。

那裡有保護她安危的騎士沃爾弗，幫助她做生意的商人伊凡諾。

費爾莫想以前輩工匠的身分站在他們身旁。

他想成為能給妲莉亞建議的前輩。即使未來他可能會反過來向對方求教，他仍想助妲莉亞一臂之力。

「已經這麼晚了……」

費爾莫抬起頭，發現工房窗外的月亮移動了很長的距離。

他再三將手中金屬塑造成不同形狀，工作手套被汗水浸溼。

桌上堆滿規格書和試作材料，多到整理起來有點辛苦。

他認識妲莉亞才沒幾天，工房不但經營狀況好轉，還忙到人手不足，連倉庫都不夠用，租了附近的空屋。

商業公會已向他們訂購大量的起泡瓶。費爾莫光是生產、交貨就用盡所有時間，徒弟們這幾天也累到一下班倒頭就睡。

儘管如此，費爾莫還是會抽點時間，開發起泡瓶的衍生商品，製作並改良遠征用爐的鍋子。

「費爾莫，你要不要明天早點起來再做？這樣可以節省魔導燈的魔石費。」

芭芭拉來到工作間委婉表達關心，費爾莫笑了笑，這才脫下手套。他看向拿著小鐵鎚的那隻手，掌心的水泡又破了。

「也對，為了節省經費，就留到明天再做吧。」

只要他還在工作，妻子就會堅持做下去。

為了芭芭拉的健康著想，他決定早點休息。

他很感謝對方巧妙地誘導了固執而笨拙的自己，但他絕不會說出口。

「帳簿裡記錄了至今為止的帳目，不用再擔心了。我也會盡早開始製作玻璃工藝品。」

妻子笑盈盈地將轉虧為盈的帳簿放在桌上。她胸口的獨角獸墜飾在晚上仍閃閃發光。費爾莫目不轉睛地盯著那道光。

那是個少見的魔導具，而且是由稀有素材做成的飾品。它竟能止住芭芭拉紅斑症的疼痛，費爾莫既感激又覺得神奇。

「你看什麼看？」

「我是胸派的嘛。」

啪！妻子大力拍了一下他的額頭。

這一下有點，不，很痛。額頭可能會留著紅印好一陣子。

「受不了，你在說什麼！」

妻子手動得比嘴還快。

看來她恢復健康的同時，也找回了原有的力量和速度。不，恐怕有過之而無不及。

但她對費爾莫笑話的容忍度還是和以前一樣，他以後要多注意言行才行。

他想著這些無聊小事，芭芭拉忽然垂下藍紫色眼眸。

「……真想早點報答妲莉亞小姐。」

「是啊。」

妻子靜靜地說完，費爾莫深深地點頭。

妲莉亞不但讓工房得以生存，還讓他們接到大量工作蓬勃發展，更用共同名義登錄利益契約，甚至幫助芭芭拉重拾舒適的生活——

他們接受了這麼多恩惠，往後要報恩可就辛苦了。

費爾莫做好心理準備，自信地笑了。

他是前輩工匠。

又是個頑固的男人。

絕對會連本帶利好好報答幫助過自己的後輩。

鹽烤刺鯧與王都七大不可思議

「這是什麼魚？」

「這叫『刺鯧』，是鯛魚的同伴。」

妲莉亞在綠塔廚房，手中拿著亮銀色的魚。

沃爾弗似乎沒見過這種魚，看了很久仍疑惑地偏頭。

妲莉亞今天寫了封信給他，要他有空時來看看遠征用爐的試作品，他本人馬上就來了。

聽說他昨天接到發現魔物的通知，立刻出發遠征。遠征歸來的他顯得疲憊不堪。

妲莉亞見他這樣，便對他說不要逞強，改天再約，但他堅持自己沒事。

他可能又遇到了一些不愉快的事。妲莉亞想起他前幾天被一群騎士攻擊，就不過度追問了。

沃爾弗來都來了，妲莉亞決定用改良過的遠征用爐煮一頓晚餐。

她選的食材正是「刺鯧」。

「今天吃的是鹽烤刺鯧，不過刺鯧也很適合油炸或做成魚乾。」

那種銀色的魚身長將近三十公分，外型類似鯛魚。泛著光澤的銀色表面有些黑斑點。

刺鯧雖然好吃，但因為有黑斑的關係，在奧迪涅不怎麼受歡迎。

「牠叫刺鯧，身上卻沒有刺呢。」

「據說是因為這些黑斑看起來像刺，才叫這個名字。」

這魚和前世的刺鯧一模一樣，但體型稍大，吃起來很有飽足感。

妲莉亞拿到水下沖洗，刺鯧流出透明的黏液。

「妲莉亞，牠好像黏黏的，還能吃嗎？」

沃爾弗擔心魚不新鮮。其實妲莉亞第一次調理時也有點緊張。

「魚鋪老闆說，刺鯧就是要有這種透明的黏液才新鮮。」

她用湯匙刮除魚鱗後，再度用水沖洗，接著切開魚腹清除內臟。待會兒只要撒上鹽巴烤過即可。

「這樣準備工作就完成了。」

「妳每次動作都好俐落，真的很會做菜。」

「我做的只有切魚而已，接下來都要靠遠征用爐了。」

對方的稱讚令她有些不知所措。

沃爾弗誤以為她很會做菜，但她做的菜之所以好吃，只是因為食材新鮮、各種調理用具齊全而已。她用的手法幾乎都是烤或煮。

她前世向會做菜的母親學過一點，還沒能煮出像母親那樣的味道，人生就結束了。

今世雖然曾向女僕蘇菲亞學習或參考食譜，但大部分都是自己摸索出來的。她還記得小時候剛開始做料理時經常失敗。

不過無論她做了什麼，父親都會吃完，這也促使她對做菜更加認真。

她想起以前曾將魚和肉煮焦，希望那不會是父親早逝的原因。

「這是現階段改良的遠征用爐，這是費爾莫先生做過表面處理的鍋子。」

「變得比之前更薄，鍋子也做成了可伸縮的蛇腹狀呢。」

他們移動到客廳，將三臺改良過的爐子放上桌，打開開關。

兩臺用來烤魚，一臺加熱蔬菜湯。

「還要等一下才會烤好，先來乾杯吧。」

妲莉亞聽著烤魚的滋滋聲，將碎冰倒進深盤，再放上前幾天買的酒器。

兩個透明玻璃吞杯上各自點綴著幾道紅色和深藍色線條。光看就很涼，放在冰上更是涼爽。

她將略呈白濁的東酒從玻璃製的片口注入吞杯中。

沃爾弗今天帶來的是酒鋪老闆推薦他的中辛東酒。

他們乾杯祈求健康與幸運後，喝了口酒。接著將還不夠冷的酒放回深盤中繼續冰鎮。

兩人聊著遠征用爐的話題，等了一會兒。

「……好香。」

刺鯧在燒烤過程中散發出微甜香氣。

或許是因為嗅覺靈敏的關係，沃爾弗顯得很興奮。

「可以翻面了嗎？」

「再等一下。烤的過程只能翻一次，以免魚身破裂。」

至於正反兩面的時間分配，她前世的母親說是正面六成，反面四成。

今世的女僕蘇菲亞則說是正面四成，反面六成。

她也問過伊爾瑪和伊爾瑪的母親，她們果斷地說是各五成。

妲莉亞至今仍不知正確答案為何，總之今天打算以正面六成，反面四成的方式來烤。

部分鹽巴吸收了烤魚的油脂，滋滋彈起。

「還要再一下。」

「……嗯。」

妲莉亞見沃爾弗一副迫不及待的樣子，特別提醒他。

兩人拿著筷子，緊盯遠征用爐烤網上的刺鯧。這畫面有些滑稽。

她想像著部隊遠征時做菜的情景，突然意識到一件事。

「沃爾弗，你們遠征時很難獲取新鮮魚類吧？」

「若是到靠海的地方就吃得到。我們有時也會捕河魚來吃。」

儘管如此，魚在遠征中仍非簡便食材。

她這次烤的是鮮魚，之後或許有必要試試其他可以久放的食材。

「可以久放的有乾貨、鹹魚，油漬品應該也行吧……」

她腦中浮現許多食材，但還要一併考慮攜帶方式、保存天數、如何以遠征用爐調理。她就此陷入沉思，沃爾弗喊了她一聲。

「妲莉亞，冒煙了……！」

烤魚時一不留神就容易烤焦。

妲莉亞連忙和沃爾弗一起將刺鯧翻面。

刺鯧烤好後，兩人拿起筷子開動。

筷子一戳，白色魚肉便從魚骨剝落。妲莉亞將魚肉夾至嘴邊，碰到嘴唇還是燙的，她連忙對著魚肉冒出的細細白煙吹了吹，再一口吃下。

烤過的魚皮又薄又脆，底下的魚肉口感意外地溼潤。

外側的鹽巴和魚肉本身的鹹味混合在一起，為微甜的魚肉增添風味。而且魚刺很少，吃起來很方便。

鹽烤魚的獨特味道令她懷念起前世的白飯。

「……超級好吃……」

她望向低語的沃爾弗，對方正用筷子小心地將魚肉和魚骨分離。

看來他很喜歡。

見到他熱衷的眼神，妲莉亞再將一隻刺鯧放上烤網，打開爐子開關。

「冷了嗎？」

等舌頭上的魚味消散，她才拿起吞杯。

拿著吞杯的指尖感受到涼意，冷酒在杯中搖晃。

她含了一口冷酒，雖然是中辛酒卻沒有辛辣味。舌感很清爽，通過喉嚨時也很滑順，讓人聯想到清澈甘甜的水，但仍帶有酒味。

這酒很危險，一不小心就容易喝太多。

妲莉亞將吞杯放回深盤，稍作休息。

口中慢慢暖起來後，她又受刺鯧香氣吸引，開始吃魚。這次魚肉嚐起來比剛才更香，畫龍點睛的鹹味也更突出。

鹽烤刺鯧和冰鎮東酒——真是絕妙的組合。

妲莉亞滿意地緩緩嘆了口氣，對面的沃爾弗也在嘆氣。

「怎麼樣？」

她看了遠征用爐一眼後問道。

這次試做的遠征用爐比之前輕，但火力不變。

費爾莫加工的鍋子導熱性也很好，熱度不會集中在彎折處。

這樣部隊在遠征時用起來應該就方便多了。

沃爾弗回望著她，感動到眼眶溼潤。

「刺鯧簡直就是為了中辛東酒而生的……」

「刺鯧如果聽得懂你的話，一定會難過大哭。」

如今他的腦袋已被刺鯧和東酒占滿。

他們悠閒地吃完晚餐後，妲莉亞記下關於遠征用爐和食材的想法，沃爾弗則收拾碗筷。

妲莉亞認為他遠征完應該很累，原本想阻止他，但他說「妳在工作」而拒絕讓她幫忙。

兩人的分工似乎已完全確立。

「希望遠征用爐改良成功，乾杯。」

「祈禱遠征中能吃到正常的食物，乾杯。」

他們從餐桌移到沙發，再次以冷酒乾杯。鋪在吞杯下的冰塊也換新了。

妲莉亞總算脫離工作模式，伸著懶腰，沃爾弗開啟話題。

「『王都七大不可思議』中，除了『神殿裡住著會回復魔法的白史萊姆』之外，妳還記得哪些？」

他延續前幾天聊過的「王都七大不可思議」話題。

妲莉亞希望待會兒不會聊到怪談，回想了一下。

「好像有一項是『王都下水道住著精靈』？」

奧迪涅在發展水魔石的同時，也建了下水道。多虧有懂得土魔法的上級魔導師一口氣將水道設置好。

「淨水槽裡疑似有生物。最可信的說法是，下水道連至河川和海洋，因此會有魚類魔物成群游進來。」

「原來如此。」

世上也有小魚型態的魔物。可能是魚群匯集大量魔力，而被誤傳為精靈。說法很合理。

「我最近聽隊上的前輩說，『王都七大不可思議』會依年代而稍有不同。有位年長的前輩當年聽過『王都外牆下埋著精金』。」

「精金……」

精金是種堅硬無比的魔法金屬，還有一說是能賦予大量魔力。

童話中說「精金做的劍削鐵如泥」，不過妲莉亞沒見過精金，也沒聽說有人見過。王城裡說不定會有。

「沃爾弗，你見過精金做的武器嗎？」

「沒有，我也沒聽說過我國有精金。據說其他國家有，但因為沒有公開，所以也不知道可不可信。」

「傳聞中有說埋在哪一區的外牆下嗎？北邊或南邊之類的。」

「沒有，傳聞畢竟是傳聞，只說埋在某處外牆下……不過，如果能用精金製作魔劍，也挺浪漫的。我們要不要去挖挖看？」

沃爾弗帶著笑容這麼問，令妲莉亞想起自己前世養的狗有一次也突然挖起院子裡的土。牠挖出的是果汁瓶的蓋子。妲莉亞見牠一臉得意地將瓶蓋叼到自己手中，不得不稱讚牠。

「故意毀損王都外牆是犯罪吧？就算是外牆下，應該也不能亂挖……而且外牆那麼長，花一輩子也挖不完。」

妲莉亞苦笑著說，但又想到沃爾弗直覺很強，嗅覺也很靈敏。

若用身體強化，憑著味道尋找，說不定哪天真能挖出精金——她腦中浮現這個想法，趕緊拋諸腦後。

「我念高等學院時聽說的不是精金，而是『王都外牆有一層魔法結界』，用來防止魔物靠近。」

「我當時聽到的也是。但實際賦予在牆上的應該是讓牆變堅固的硬質化魔法，以防外牆被暴風吹垮，延長外牆壽命吧。」

王都外牆高聳而綿長，自然需要強大的硬質化魔法。

「我記得還有一項是『王都歌劇院深夜會傳來妖精的歌聲』，好像說喜歡音樂的妖精會在那裡唱歌。」

「抱歉破壞妳的想像，聽說那其實是還無法上臺的新人在側臺練唱。有時已經引退的歌手也會站在另一邊的側臺教唱。我聽常去聽歌劇的前輩說的。」

「這樣很棒呢。」

妖精唱歌的確很夢幻。

但前輩歌手教後輩唱歌也不失為一段佳話。

或許有一天，那位新人歌手也會站在另一邊歌唱——妲莉亞想像著這般情景，喝了口冷酒。

「還有『王城裡存在著沒有出入口的建築物』。實際上，國王的住所附近的確有幾棟出入口不明的建築。可能是王族避難用的。」

若是緊急時刻用來保障王族安全的建築就說得過去了。被當作非公開的機密也很正常。

「還有『高等學院的歷史資料館裡有幽靈』，對吧？」

學院裡有一棟建築，美其名是歷史資料館，實為三層樓的倉庫，堆滿歷代資料，以及用不到的魔導具和武器等老舊物品。

那棟倉庫被其他建築擋住，採光陰暗，妲莉亞學生時代很少靠近。

「騎士科夜間巡邏實習的路線中就包含歷史資料館，所以我在夜裡去過，但來回時都沒遇到幽靈。」

「還好我沒念騎士科……」

她不知道騎士科有這種類似試膽大會的實習，實在很慶幸自己念的是魔導具科。

「第七項是——」

她忍不住和神情嚴肅的沃爾弗同聲說道：

「「『國王能夠死而復生』。」」

這或許是王都七大不可思議中最有名的一項。

「這則傳說可能從建國時期就有了。據說初代國王被劍刺了也沒事。」

「據說國王只會變老，不會死亡。比起傳說，更像是國民的願望……」

死了還會復活，不就和不死者一樣嗎？妲莉亞雖然這麼想，卻覺得說出口很不敬。

「的確是國民的願望，就某方面來說也沒錯。因為王族擁有強大的治癒魔法。」

「國王不但會火魔法，還會治癒魔法？」

現任國王是這幾任國王中魔力量最高的，他擁有強大的火魔法，還被稱作「能放出太陽的人」。但妲莉亞不知道他的治癒魔法也很強。

「王族通常都有五屬性魔法。現任奧迪涅王最強的是火魔法，但也會水、風、土魔法，治癒魔法也很強，每項都和上級魔導師不相上下。」

俗話說上天不會給人太多優點，國王卻擁有這麼多魔法和魔力，令人有些羨慕。

「不過，能夠死而復生的意思是，國王能靠治癒魔法續命嗎？治癒魔法是可以對自己使用的嗎？」

人死了自然不能用魔法，所以應該是事先對自己施予續命魔法，以防萬一吧？但這樣已與復活魔法無異。

若真有那種魔法就太棒了。真希望能施加在魔物討伐部隊所有人身上，以保障他們的安全。

「我也只是聽說，不確定真偽。神官和魔導師好像只要擁有相應的魔法，就能自我治療。他們會自己療傷，也會自己治療宿醉。」

「這樣就不需要回復藥水了。」

能夠立即自我療傷真方便。妲莉亞摸過魚鱗後感覺手指刺刺的，更渴望這種能力。

「但若不夠專注，就沒辦法順利施展，甚至有魔導師用了魔法後宿醉變得更嚴重。」

「聽起來真困難……」

頭痛想吐時應該很難保持專注。

「話說回來，所謂續命應該是當事人還活著，在瀕死之際對自己施予治癒魔法吧？」

「有道理，這樣就說得通了。」

「而且和我們一起遠征的大神官說：『只要頭和心臟還在，基本上就還有救。』」

「……基本上就還有救……」

妲莉亞想像了一下，感到背脊發涼。

她希望沃爾弗不要落入這種狀況。即使身為魔物討伐部隊員也該避免。

正為他擔心時，對方卻露出爽朗的笑容說：

「最近神官常會和我們同行，就算被大型魔物吃掉，應該也沒事。」

「沃爾弗，你為什麼總是要將話題帶往可怕的方向……？」

妲莉亞忿忿地瞪著對方。

王都七大不可思議果然是恐怖怪談。

為了消除恐怖故事的餘韻，妲莉亞拿出長形油紙袋。

「這是鄰國的小羊肉乾。」

「小羊肉乾？」

「對，伊爾瑪送我的。她說是美容院的客人去鄰國旅行時帶回來的名產，沒什麼羊騷味。請你吃吃看。」

「我第一次見到羊肉乾。那就不客氣了。」

沃爾弗拿起細長的肉乾，好奇地觀察。

妲莉亞也拿起肉乾咬了一小口，口感比看起來更柔軟。

肉乾通常都很硬，但這似乎是軟式肉乾。

吃起來沒有羊騷味，肉香隨著咀嚼在嘴裡擴散。

「這個好軟喔，也不會像遠征吃的肉乾那麼鹹。」

「遠征肉乾很硬嗎？」

「對啊，這樣才能久放。我們吃是還好，年長的前輩嚼起來很辛苦，會用熱水泡過再吃。」

牙口好不好也是個問題，年紀越大會越辛苦。

另外，妲莉亞個人最在意的是鹽分。

今世沒有高血壓一詞，但從身邊人的描述聽來，應該還是有中風等疾病。儘管無法證明鹽分和疾病的關係，妲莉亞仍覺得兩者一定有關聯。

魔物討伐部隊遠征時的飲食很不均衡。

黑麵包就算了，其他食物像是鹹肉乾、能久放的鹹起司、果乾、加在湯裡的少許乾燥蔬菜——妲莉亞擔心他們攝取這麼多鹽分會得高血壓，也擔心他們蛋白質和維生素攝取不足。

而且，每餐都吃類似的食物總會吃膩。

遠征並且與魔物戰鬥是份操勞的工作。

妲莉亞希望遠征用爐能讓他們吃好一點，維持良好的身心狀態。

「我會努力完成遠征用爐，提供部隊使用。」

「我很期待。」

聽見她表明決心，沃爾弗開心地笑了。

「對了，你們昨天出動得很突然，是去討伐什麼？」

「紫雙角獸，是雙角獸的變種……」

「紫色的是不是有毒，或者會用麻痺魔法？」

魔物圖鑑上說，紫色的魔物大多有毒或麻痺魔法。

「……是幻覺魔法。牠看起來就像人一樣，大家很難下手。」

她第一次聽到會用幻覺魔法的雙角獸。外觀像人，可能會引發混戰。

「紫雙角獸是想誘使你們自相殘殺嗎？」

「不，牠顯現的是……當事者親近的人，或者說重要的人……」

沃爾弗垂下眼眸，音量也跟著變小。這讓妲莉亞想起他剛來時那副憔悴的模樣。

他小口嚼著羊肉乾，表情就像含著什麼苦澀的東西。

他看見的可能是母親凡妮莎。

儘管她已經過世，但要親手打倒貌似母親的雙角獸，他心裡一定很難受。

「……辛苦你了。」

「妲莉亞？」

沃爾弗停下動作望著她。

「那個，幻影……只出現了一下，之後就恢復成雙角獸的模樣，我也成功砍倒雙角獸……」

「嗯，變種通常都很強，所以我覺得你們很辛苦。」

妲莉亞將話題帶到變種上，以免沃爾弗聊起母親的事。

魔物一詞裡有「魔」，顧名思義大多會用魔法，有些甚至連魔法防禦力也很高。魔法也有屬性問題，有些魔物連上級魔導師用遠距魔法也打不倒。像是對付會用火魔法的魔物，用火魔法就很難生效，用土魔法還行，用水魔法就比較有效。

而且雙角獸魔力很強，他們遇到的又是變種，戰鬥起來更辛苦。

「啊，妳的酒快喝完了。」

沃爾弗伸手將酒注入妲莉亞的吞杯中。

他倒完酒將片口放回原位那瞬間，妲莉亞看見他掌心有一道斜斜的紅線。

「沃爾弗，你的手掌是不是受傷了？」

「這種程度連傷都不算。」

看見他直率的笑容，妲莉亞明白他真的這麼認為。

不過若妲莉亞受了同樣的傷，他一定會很擔心。

「我昨天體會到一件事。我總希望自己能輕鬆解決任何魔物，但實力仍然不夠……我是保護國家的魔物討伐部隊員，身心都要更堅強才行。」

那雙金眸罕見地浮現陰影。他像要遮掩傷口般，緊握受傷那隻手。

握到發白的拳頭中，隱含著他的焦躁和決心。

妲莉亞不知道刺激他的是母親的死，是對於這次遠征的反省，還是與強大魔物的戰鬥。

只知道他一心想成為更強的騎士。

「……沃爾弗。」

妲莉亞用他聽不見的音量喚了他的名字。

不用再變得更強了，我只希望你別以身涉險，遠征時盡量待在安全之處，毫髮無傷地回來——妲莉亞很想這麼說，但說了肯定會讓他困擾。

因此，她換上開朗的聲音，努力擠出笑容，再次呼喚他。

「沃爾弗，請你盡量毫髮無傷地回來。我會在綠塔（這裡）做好吃的菜等你回來。」

「好，我會全力衝回來的。」

見他表情認真地說著玩笑話，妲莉亞這次終於真心微笑，為他倒酒。

今世的人們利用魔石、魔物素材與魔物帶來的危險共存，對於其造成的傷害習以為常。

人的生活不但受自然災害影響，也嚴重被魔物左右。

大家都說奧迪涅王國因為有魔物討伐部隊及許多魔導師和冒險者，而比其他國家安全。

然而對妲莉亞來說，這和前世的「安全」在意義上和程度上都相差甚遠。

強大的魔物與大型災害無異。

森林大蛇（forest snake）出沒於森林幹道，連武裝的商隊都能毀滅。

沙漠蟲（desert worm）出沒於沙漠，會襲擊旅人和綠洲，讓一切都被沙土覆蓋。

大海蛇出沒於海上，使許多船隻沉沒。

在其他國家，還有風龍（wind dragon）會大範圍破壞麥田，火龍（fire dragon）會將人和村莊燒燬。

本國過去在東方的山野間，也曾出現大量哥布林（goblin），襲擊並摧毀多座村莊。

歷史課也有教到，二十多年前國境出現九頭蛇（hydra），導致包含魔物討伐部隊在內的許多騎士身亡。

除了每年會在固定區域出沒的魔物外，人們幾乎無法預測魔物的行蹤和所造成的傷害。

而且魔物還會產生變種。牠們拚命想存活，變得更強、更聰明。這樣一來人類與魔物的爭鬥就變得更嚴峻。

想要每次都戰勝魔物真的是一件難事。

妲莉亞無法打倒魔物。

即使她會用史萊姆等魔物素材製作魔導具，但面對戰鬥實在柔弱無力。

所以她選擇當好一名魔導具師，盡自己所能。

沃爾弗說想成為強大的騎士，那麼她也要成為強大的魔導具師。

她要做好遠征用爐，做出其他有助於遠征的魔導具。

她要在這個有魔法的世界，為與魔物共存的人們做出能讓生活變得愉快便利的魔導具。

只要能讓沃爾弗，讓魔物討伐部隊，讓奧迪涅國民，讓今世的任何一個人過上比現在好一些的生活——

她就能以魔導具師妲莉亞・羅塞堤的身分，抬頭挺胸地活下去。

「我們各自加油吧。」

「好，加油。」

兩只相碰的吞杯上，映出魔導燈搖曳的火光。

番外篇 父女的魔導具開發紀錄～妖精結晶燈～

三月已接近春天，但早晚還是很冷。

這座綠塔是石造建築。深夜從被窩溜出來的溫熱雙腳一踩上石階就變冷了。

妲莉亞雖然有前世，不過還在念初等學院的她依然有點害怕陰暗的階梯。即使如此，她仍壓低腳步聲，前往一樓的工作間。

今天她在工作間的桌子上，見到小小的妖精結晶放出七彩光芒。

「我今晚要趕著做妖精結晶燈，要加班了。」

父親傍晚這麼說時有些悶悶不樂。妲莉亞擔心他可能身體不舒服。

她說想看父親做妖精結晶燈，父親以可能會熬夜為由拒絕了她。她不死心再問一次，父親笑著說：「下次再給妳看。」

那反常的平靜微笑令她不知該說什麼。

妖精結晶燈，是用妖精結晶的粉末賦予而成的魔導具，能在燈光中投射出幻影。

妲莉亞還不知道詳細的做法。

一般認為妖精會用魔力隱藏自己，妖精結晶便是由其魔力凝固而成，具有阻礙認知的效果。

魔導具師的書裡提到，妖精結晶數量稀少，價格昂貴，加工時需要細膩的魔力控制。

妖精結晶宛如藏著彩虹的水晶，妲莉亞對這項素材很嚮往，希望自己有天也能用用看。

她站在樓梯上偷看工作間，發現父親趴在工作桌上睡著了。

在他面前淡淡發出七彩光芒的應該就是妖精結晶燈。

那是個金色的小提燈，把手部分有蝴蝶和藤蔓的金屬雕刻。和她平時見到的魔導燈不同，相當高級。

妲莉亞悄悄地靠近，站到父親那側望向小提燈，看見映在空中的幻影。

大約五十公分的圓形中，有著一大片藍天和花海。

藍天中有鳥兒在飛，還有白雲緩緩流動。底下的花海則開著大朵大朵不同顏色的大麗菊，其間有許多白蝶飛舞，時而吹過一陣微風，嬌豔的花朵和綠葉隨之搖擺。

不知這是某處的真實景色，還是父親想像出的風景。半透明畫面美得讓人目不轉睛。

沒想到幻影不是出現在提燈上而是藉著光線投影到空中。

父親不愧是出類拔萃的魔導具師。

妲莉亞望著那片藍天和花海，出神良久。

「齁……齁……」

不曉得過了多久，父親如雷的鼾聲讓她回神，摧毀她的感動。

她望向工作桌的桌面，立刻明白是怎麼回事，嘆了口氣。

「真是的，喝太多了啦……」

桌上擺著三瓶紅酒，全是空的。

看來他是直接以口就瓶子，沒拿酒杯，實在太沒規矩。

而且他還只穿著一件工作服就睡著，真教人操心。現在還很冷，要是感冒怎麼辦？他上個月才因酒醉睡著，得了場小感冒。

妲莉亞走到工作間牆邊，抱著小睡用的毛毯搖搖晃晃地走回來，想蓋在父親背上。

但她還不夠高，蓋不上去。

只好將毛毯拋到父親背上。

「嘿咻！……啊！」

毛毯激起一陣風，幾張白紙被吹落地面，她連忙撿了起來。魔導具的規格書和設計圖很重要，不能弄髒。

「這是……」

她撿起的是白色信封和摺成四等分的信紙。

白底信封四邊圍繞著黑色刺繡，應該是貴族的訃聞。

父親之所以喝這麼多，是因為同為男爵的魔導具師或貴族朋友過世了嗎？她想著便望向父親，發現他臉上還有未乾的淚痕。

過世的是不是她認識的人？是不是來過綠塔的人？——妲莉亞有點擔心，打開了信紙。

「……特此通知您，泰瑞莎已離開人世……」

泰瑞莎・蘭貝蒂。

那是她除了名字外一無所知的母親。

後面寫道她母親病死，已辦完葬禮，並告知其葬在貴族墓地何處，就只有這樣。

寄件人是現任蘭貝蒂伯爵。那人是入贅至母親娘家的再婚對象。

「……開什麼玩笑。」

妲莉亞感覺到滿腔怒火。

現在通知這些要做什麼？

她父母早已分開，斷了聯繫。

對方卻特地告知母親的死訊，還附上墓地位置，簡直是在挑釁。

像是在說「你還對她戀戀不捨吧」。

而且不是在母親病重，也不是在她剛過世時聯絡，而是在辦完葬禮，母親都燒成灰後才聯絡，實在非常過分。

「氣死我了……！」

妲莉亞差點就要撕碎信紙，好不容易才忍住。

父親都沒撕了，她更沒資格撕。

「……爸爸。」

她再看了眼父親的臉頰，咬緊下唇。

父親一個人偷偷哭泣。

說不定他——還愛著母親。

或許這就是他沒再婚的原因，只是沒對妲莉亞說而已。

即使分開，即使對方再婚，即使過了這麼久，父親依然愛著母親。

如今別說復合，連見面都不可能，父親仍深愛到會為了她而哭泣。

縱使妲莉亞有前世，但受到今世年紀的影響，眼眶不爭氣地冒出淚水。

不知是因為同情父親，還是因為被人看輕而感到不甘。

她忍住淚水，摺起信紙，壓抑住想扔進垃圾桶的衝動，將信紙裝進信封，悄悄塞進父親手臂底下。

父親卡洛從沒在她面前掉淚。

雖然曾喜極而泣、笑到流淚，也曾鬧著玩假哭，但就是沒流過悲傷的眼淚。

不久前有位魔導具師前輩過世，儘管他深感悲痛，仍未在綠塔中，在妲莉亞面前落淚。

不過大人也會遇到難過的事。父親一定也有像今天這樣想哭的時候。

她忽然想起前世的父親好像也是如此。

他就算忙於工作，深夜才回家，隔天休假還是會陪家人出門。

父親在她國中時換了工作，但表現得和以前沒有兩樣。仔細想想，在不景氣時換工作應該很辛苦。

就算如此，他仍未向女兒抱怨或發牢騷，也沒讓女兒感覺到自己的辛勞，默默扛起一切。

前世的母親也一樣。從來沒向女兒訴苦或提及對未來的擔憂。

前世的她活在父母庇護下，還來不及孝順父母，人生就結束了。

這一世她要好好長大，孝順父親。

至少要能獨當一面，讓父親安心，傾吐不愉快的事。

他們父女相依為命，她不希望父親獨自哭泣。

無奈她現在年紀還小，不夠可靠。

這時她想起魔導具書籍中的一段話。

「一般認為，能做出妖精結晶賦予的提燈或檯燈，即是獨當一面的魔導具師。」

妖精結晶就是這麼難加工、難賦予的素材。

「獨當一面……」

若能成為獨當一面的魔導具師，就能被父親認可。

為了與父親並肩同行，她要早點從初等學院畢業，進入高等學院學當魔導具師。

她要協助父親工作，從中學習，增進自己的魔力和技術。
總有一天，要親手做出這樣的妖精結晶燈。
然後被父親認可為合格的魔導具師，獲得他的信賴。
「我要成為獨當一面的魔導具師……！」
妲莉亞握緊小小的拳頭，在熟睡的父親面前發誓。

「好痛……」
卡洛正想起身便發出哀號。
因為睡姿不良的關係，他從肩膀到手臂都又麻又痛。昨晚喝太多酒，頭也很痛。
他按著太陽穴，微微抬起宿醉的腦袋。這下子應該沒辦法立刻站起來。
工作桌上的妖精結晶燈一夜未關，發出朦朧的光。
眼前是明亮的藍天和大麗菊海。這幅景色讓他再次想起前妻已不在人世，胸口像被砍過般難受。

昨晚他將大量魔力注入妖精結晶，刻意讓結晶粉碎，以看見幻影。

妖精結晶是種很難加工的獨特素材。

加工者注入魔力後，很容易看見幻影或對自己而言的惡夢，這時一旦分心影響到魔力供給，結晶就會粉碎。

用妖精結晶來當魔導具的賦予素材時，無論結晶大小，都會帶走賦予者一半的魔力。若不慎連續賦予兩次，就會引發魔力枯竭。

卡洛明知如此，仍用雙手捧起妖精結晶，拚命注入魔力。

妖精結晶對強大魔力產生反應，在七彩光芒中碎裂，結晶另一頭隨即浮現他重要的人。

分手當時的妻子開朗地笑著，旁邊是現在和他一起生活，在念初等學院的妲莉亞。

不同時間軸的兩人依偎在一起，對他開心微笑。這是現實中絕不可能出現的光景。

但對卡洛而言仍是一場美夢。

接著，早已預料到的惡夢降臨。兩人同時消失，四周一片漆黑。

卡洛在什麼都聽不見，什麼都感覺不到的冰冷黑暗中笑了。

因為他腦中仍鮮明殘留著兩人的笑容。

他帶著笑容和眼淚，注視那完美的幸福幻影。

而後，卡洛一口氣喝光魔力回復藥水，用妖精結晶的粉末進行賦予，做出一盞提燈。

妖精結晶燈中的景色，是他和泰瑞莎在夏末去過的大麗菊園。

那是他們倆第一次出遠門，不巧下雨，兩人約好隔年再來。

隔年，他和改姓羅塞堤的泰瑞莎再去了一次，當時也約好隔年再來。

然而約定未能實現，他們再也沒去過那裡。

大麗菊園的花海確實很美。

但卡洛只記得比花更美的泰瑞莎。

他的目光不在花上，而在她身上。

泰瑞莎是個嬌豔而溫柔，堅強又脆弱——紅髮紅眸的美麗女子。

卡洛喝著紅酒，深深思念著她。

他轉動宿醉的腦袋，望向旁邊架子上賦予了魔法的銀板，上頭映出神情憔悴的自己，還好眼睛不紅也不腫。

「男人別在女人面前哭，若想遮掩眼睛的紅腫和臉上的淚痕，可以用手帕包著冰魔石，邊冰敷邊哭。」——小時候，父親曾這麼教他。

當時他一笑置之，心想男人別哭不就得了，自己絕不會有這麼一天。

然而，青春期和成年後卻意外地有很多難過的事。失戀、別離、自身能力不足……令人想哭的事層出不窮。

他褲子口袋裡，有一條包著冰魔石的白色手帕。那是前年妲莉亞即使刺傷手指，也要拚命繡給他的手帕。

他沒將幼兒的話當真。沒想到自己說想要刺繡手帕，妲莉亞就真的送了他一條。

手帕上以紅線繡著狀似花朵的圖樣，說不上繡得好，但他覺得那和妲莉亞的頭髮一樣美。

卡洛感激而恭敬地收下手帕，卻因為驚訝和害羞而忍不住狂揉女兒的頭，將她為冬祭做的頭髮造型完全弄亂。那是住在附近的伊爾瑪一大早特地來為她綁的。

「我好不容易綁那麼漂亮！卡洛先生根本不會跟女生相處！」

下午伊爾瑪帶著伴手禮再度過來，見狀向他強烈抗議，他深深低頭道歉。

她的話戳中卡洛的痛處，他不得不認真反省。
伊爾瑪後來幫妲莉亞重綁頭髮，卡洛送了她最新型的吹風機才得到原諒。
不過收到這條手帕時，他真的很開心。
說起來難為情，這是他生來第一次收到刺繡白手帕。
而且還是他最愛的女兒送的。
他不敢告訴妲莉亞，自己收到手帕後還跑到其他樓層去歡呼。
「我女兒繡的白手帕，多麼珍貴！我贏過未來的女婿了！」
沒想到，女僕蘇菲亞正好拿著洗衣籃從走廊經過。
「卡洛先生，你這個人哪……」
蘇菲亞傻眼地說完，那一整天都用冷眼看他。

「……好冷。」
卡洛好不容易坐起上半身，背上的毛毯滑落在地。
這時他才感受到早晨的寒冷。他不記得自己昨天有蓋毛毯。
昨晚他做完妖精結晶燈後，喝著酒凝視投影出的景象——記憶只到這裡。也就是說，幫他蓋毛毯的應該是妲莉亞。

「糟糕……她看到了嗎？」

卡洛連忙搜尋信封，發現在自己手臂下而鬆口氣時，覺得不太對勁。

他應該是將信紙放在桌上就睡著了，不記得自己有裝回信封。想著便打開信封，發現信紙的方向和寄來時相反。

信紙側邊有小小的撕痕及斜斜的皺紋。

他腦中浮現女兒拉扯信紙，卻猶豫著不敢撕破，而後將信紙小心裝回信封的模樣，忍不住皺起眉頭。

那是他最不想告知，卻總有一天不得不告知這項消息的對象。

他內心幾近陷入混亂時，聽見熟悉的下樓腳步聲。

「早安，爸爸，吃早餐了。」

「早安，妲莉亞。我不小心在這裡睡著了……」

他立刻裝作剛起床的樣子，伸了個懶腰。

然而，妲莉亞既沒有數落睡著的他，也沒多問妖精結晶燈的事。她平常見到這類魔導具，絕對會追著他問。

「天氣還是好冷，我竟然在睡夢中自己拿了毛毯來蓋……」

「……別感冒了……」

卡洛裝作不知情地說完，只見女兒微睏的綠眸怯怯地瞄了他一眼，很快又別開。

她的聲音也微微顫抖。真是個不會說謊和裝傻的孩子。

而害她這麼忐忑的正是自己。

他這糟糕的老爸既沒反省，又讓女兒為他費心。

真抱歉，今天就讓我裝作什麼都沒發生，保留一點父親的面子吧——卡洛在心中向妲莉亞道歉。

老實說，前妻的死對他打擊很大。

痛苦和悲傷的情緒仍像波濤般在他內心翻湧。

他很想捶著牆壁大吼，拚命灌酒，痛哭一場。

但在妲莉亞面前哭有失父親的尊嚴。他不能再表現軟弱的一面。

「呼哈……昨晚熬夜，真想睡。」

卡洛打了個大呵欠，趁機用力擦去眼角的淚水。

「爸爸！」

妲莉亞忽然大聲叫他。

「怎麼了，妲莉亞？」

「我想早日成為魔導具師，所以會盡快從初等學院畢業，去念高等學院的魔導具科。我以後會幫爸爸的忙，從中學習，成為獨當一面的魔導具師！」

卡洛被這突如其來的宣言嚇到，更確定女兒看了那封信。

但她心疼父親，連問都沒問母親的事。

他竟軟弱到需要女兒保護。

卡洛咬著牙，將雙手伸進上衣口袋。

他在口袋中握緊拳頭，指甲刺進掌心，盡力擠出笑容。

「真是謝謝妳。我很期待喔，我的寶貝女兒！」

「受不了，我很認真耶……」

「我也很認真啊。我真的很期待，那就拜託妳嘍！」

妲莉亞微微鼓起臉頰，爾後綻放笑容。

那笑容帶著前妻的影子，卡洛看得瞇起了眼。

妲莉亞願意認真向學，對她的未來是件好事。

之後無論她選擇走哪條路，學過的都不會白費。

卡洛也很高興她替父親著想，說想早日成為魔導具師。

希望她能如願成為獨當一面的優秀魔導具師。

若她真的想當魔導具師，卡洛有自信能教育她直到出師。

只要擁有魔導具師的技術，就不用擔心會餓死。身為她父親也能安心了。

不過——

雖然對妲莉亞有點不好意思，但即使她盡早從初等學院畢業，在高等學院的魔導具科拿到優秀的成績，擁有豐富的知識，能想出充滿創意的開發點子，製作技術突飛猛進，擅長魔法賦予——卡洛也絕不想被她超越。

在魔導具師工作上，他到死為止都不能被妲莉亞超越。

這是前輩魔導具師微薄的尊嚴。

更重要的是，他想讓女兒看著自己的背影，不願看見女兒的背影。

只要他還活著，魔導具師卡洛就要走在魔導具師妲莉亞前面。

這不是目標，而是他身為父親的誓言。

他決定找一天一個人偷偷去為泰瑞莎掃墓。

趁日落昏暗時，帶著紅色的大麗菊花束，點起她喜歡的妖精結晶燈。

然後喝光一瓶紅酒，訴說女兒令人驕傲的事蹟。

等妲莉亞長大，卡洛就能告訴她一切，到時候他們再一起去看泰瑞莎——想到這裡，他的笑容漸漸消失。

屆時妲莉亞身邊可能會站著一個與她更親近的男子。

卡洛知道這還是很久、很久以後的事，但就是很在意。

他對那名男子有一些期許。

希望他好好保護妲莉亞。個性溫柔、沉穩且知性，最重要的是身體健康，最好能活得比妲莉亞久。還要有穩定的職業和經濟能力，不會移居國外，家人和親戚也沒問題……

身為父親，不管自身條件如何，對女婿總有無窮無盡的期望。

周圍的人常說妲莉亞「像爸爸」，但有些事卡洛希望女兒千萬別和他一樣。該說戀愛運，還是結婚運呢——

總之，他希望女兒能和伴侶過著幸福的生活直到老死。

他絕不允許妲莉亞的伴侶外遇或早死。

「拜託這點絕對不要像我……」

「爸爸，你說什麼？」

卡洛低聲祈禱，妲莉亞疑惑地睜大綠眸。

他現在擔心這些還太早。沒錯，這是操之過急且不必要的擔心。

「沒什麼——我們去吃早餐吧。」

卡洛站起身來，關掉妖精結晶燈。

妲莉亞露出有點惋惜的表情。

「未來的魔導具師小姐，請借我妳的手。」

卡洛換了個聲音，故意用貴族口吻，朝妲莉亞伸手。

女兒噗哧一笑，但仍乖乖牽住他的手。

那溫暖的小手還很小，可以被自己的手完全包覆。

他還有幾年能像這樣牽著女兒的手？恐怕不長了吧——

卡洛拋開這個想法，配合妲莉亞的步調爬上樓梯。

窗外照進來的陽光讓他想起昨日的兩人，忍不住想回頭卻又作罷。

他再也看不見完美的幸福幻影。

但幸福現在就在他手中。

虹色提燈宛如沉睡般靜靜待在那兒，等待再次被點起。

©Ceez 2019 / KADOKAWA CORPORATION

里亞德錄大地 1~2 待續

Kadokawa Fantastic Novels

作者：Ceez　插畫：てんまそ

葵娜與商隊來到黑魯修沛盧的王都，
並遇見了自稱她孫子的妖精——？

少女「各務桂菜」——葵娜透過與善良的人們及自己在遊戲裡創造出的小孩邂逅、交流，漸漸接受了現實世界「里亞德錄」。她一邊學習一般常識一邊與商隊同行，來到北國黑魯修沛盧的王都，並在這裡遇見自稱「葵娜的孫子」的妖精——？

各 **NT$250~260/HK$83~87**

©Reia, Haduki Futaba 2018 / KADOKAWA CORPORATION

公爵千金的本領 1~8（完）

Kadokawa Fantastic Novels

作者：澪亞　插畫：双葉はづき

抱持覺悟衝過兩個世代的千金小姐——
梅露莉絲和艾莉絲的故事，在此正式完結！

梅露莉絲於社交界廣受矚目時，與霖梅洱公國的外交搖搖欲墜——塔斯梅利亞王國再次瀕臨戰爭危機。其中，安德森侯爵家有著重大嫌疑。在這複雜時期中，一旦失去身為英雄的安德森將軍肯定會開戰——為此，梅露莉絲將祕密率領士兵，奔赴戰場取得勝利！

各 NT$190~220/HK$58~73

©Yuka Tachibana, Yasuyuki Syuri 2020 / KADOKAWA CORPORATION

聖女魔力無所不能 1~6 待續

Kadokawa Fantastic Novels

作者：橘由華　插畫：珠梨やすゆき

迦德拉皇子要來斯蘭塔尼亞王國留學，
奇怪的他居然鎖定了聖！

聖用自製藥水幫了迦德拉船長一把，還找到念念不忘的日本食材，在港口城鎮充分享受愜意的時光。當聖對異國更感興趣時，突然接到迦德拉的皇子要來留學的消息。聽說皇子是為了鑽研學術而來，然而實際上似乎是來尋找在港口城鎮持有特殊藥水的人物——

各 **NT$200~230/HK$65~77**

©Kinosuke Naito 2020 / KADOKAWA CORPORATION

異世界悠閒農家 1~7 待續

Kadokawa Fantastic Novels

作者：內藤騎之介　插畫：やすも

五號村快速建設中！
成為代理村長的九尾狐陽子大大活躍!?

母狐狸陽子被命名為新建好的五號村負責人，氣勢勇猛地大大活躍。不僅迅速整頓五號村的環境，還設法處理預料外蜂擁而至的大量移民申請者。在這群人之中，來了一群非常無禮的精靈，然而他們的要求竟將五號村捲入意外之中……！

各 **NT$280~300/HK$93~100**

國家圖書館出版品預行編目資料

魔導具師妲莉亞永不妥協：從今天開始的自由職人生活 / 甘岸久弥作；馮鈺婷譯. -- 初版. -- 臺北市：臺灣角川股份有限公司, 2021.05-
冊； 公分. -- (Kadokawa fantastic novels)
譯自：魔導具師ダリヤはうつむかない ～今日から自由な職人ライフ～
ISBN 978-986-524-411-8(第2冊：平裝). --
ISBN 978-986-524-762-1(第3冊：平裝)

861.57 110003646

Kadokawa
Fantastic
Novels

魔導具師妲莉亞永不妥協 ～從今天開始的自由職人生活～ 3

（原著名：魔導具師ダリヤはうつむかない　～今日から自由な職人ライフ～ 3）

2021年9月6日　初版第1刷發行
2024年7月16日　初版第2刷發行

作　　者：甘岸久弥
插　　畫：景
譯　　者：馮鈺婷

發 行 人：台灣角川股份有限公司
總　　監：呂慧君
總 編 輯：蔡佩芬、朱哲成
主　　編：林秀儒
編　　輯：高韻涵
設計指導：陳晞叡
美術設計：李思穎
印　　務：李明修（主任）、張加恩（主任）、張凱棋、潘尚琪

發 行 所：台灣角川股份有限公司
地　　址：104台北市中山區松江路223號3樓
電　　話：（02）2515-3000
傳　　真：（02）2515-0033
網　　址：www.kadokawa.com.tw
劃撥帳戶：台灣角川股份有限公司
劃撥帳號：19487412
法律顧問：有澤法律事務所
製　　版：尚騰印刷事業有限公司
ＩＳＢＮ：978-986-524-762-1

※版權所有，未經許可，不許轉載。
※本書如有破損、裝訂錯誤，請持購買憑證回原購買處或連同憑證寄回出版社更換。

MADOGUSHI DARIYA WA UTSUMUKANAI～KYO KARA JIYU NA SHOKUNIN LIFE～Vol.3
©Amagishi Hisaya 2019
First published in Japan in 2019 by KADOKAWA CORPORATION, Tokyo.
Complex Chinese translation rights arranged with KADOKAWA CORPORATION, Tokyo.